Aus dem letzten Zimmer

FRANCK HOFMANN

Aus dem letzten Zimmer

Eine Ästhetik des Abschieds

Bildkünstlerisch begleitet von
Werner Gasser

Kulturverlag Kadmos Berlin

Zur Erinnerung an den Menschenfreund und Gefährten
Gilles Bretin (1964–2013)

Eine Person zu werden, das ist »*die schwierigste Aufgabe im Leben*«. Im Personenbegriff ist [...] ein einheitliches Prinzip gefunden, das die einzelnen Seelenvermögen zusammengreift. Aber diese äußerste Zusammenfassung menschlicher Seelenkräfte vollführt nicht den Rückzug in die weltlose Innerlichkeit, sondern stellt das Individuum heraus als Träger einer Mitweltbeziehung.

Werner Krauss, Graciáns Lebenslehre

Der Tote, ich selbst und das Haus in der Schwebe außerhalb der Welt, in der Leerstelle des Raumes, wo flüchtiger Todesgeruch die Sinne betäubt, zerreißt und bis zur Angst hin aufreizt.

Würde ich morgen in eine Welt leichthin gesprochener – tönender – Worte zurückkehren, müsste ich heucheln wie ein Gespenst, das sich für einen Menschen ausgibt.

Georges Bataille, Das Unmögliche

Wie werden wir diesen Diskurs nennen? *Erotisch* sicherlich, denn er hat mit Wollust zu tun; oder vielleicht noch *ästhetisch*, wenn dafür gesorgt wird, daß diese alte Kategorie allmählich eine leichte Drehung erhält, die sie von ihrem regressiven, idealistischen Grund entfernt und dem Körper annähert, der Abschweifung.

Roland Barthes, Über mich selbst

In der wirklich tiefen Kritik aber gibt es kein Leben der Dinge, keine Bilder, nur Transparenz, nur etwas, das kein Bild vollwertig auszudrücken fähig wäre.

Georg Lukács, Über Wesen und Form des Essays

GRUNDVERTRAUEN

Noch einmal reichte die Kraft aus: Wider alle Vernunft wollte G. das Krankenbett verlassen. Es war eine Frage der Selbstbestimmung, trotz allen medizintechnischen Komforts den Weg zur Toilette zu wagen. Schritt für Schritt, langsam Fuß vor Fuß setzend. Der letzte gemeinsame Aufbruch war nicht zu verweigern – es sei denn um den Preis, ein Grundvertrauen zu brechen, das wortlos zwischen uns bestand. Das ganze geteilte Leben lang waren wir unterwegs gewesen, bis zuletzt unsere Ziele verfolgend. Nach und nach hatten Spaziergänge den Platz der Reisen eingenommen. Nun war auch der Weg zurück in das letzte Zimmer zu weit geworden, war selbst sich zu setzen, die Knie zu beugen, eine schier unmögliche Anstrengung. Schließlich sank der Freund erschöpft in den Rollstuhl: Du hast Vertrauen in dich. So wie ich dir vertraue, kannst du mir vertrauen. Vertrauen, sagt Levinas an einer Stelle, sei das Problem des Anderen.[1] Stütze dich auf mich in deiner letzten Anstrengung, das Unabwendbare abzuwenden, und tröste mich in meiner Angst vor deinem Tod.

AUFBRUCH

Durch einen Türspalt sah ich: Der Leichnam wurde aus den Laken gewuchtet. Kurze Zeit, eine gefühlte Ewigkeit nachdem wir G. die Augenlider geschlossen hatten. »Bald«, sagt Cyrille, »wirst du dem Gefährten einen Baum pflanzen. Eine japanische Zierkirsche, die er so liebte. Auf der Wiese, die der Grund seiner Kindheit und seines Aufbruchs war. Und dann, Tom, wird auch dein Buch einen Abschluss finden. In wenigen Wochen, ein knappes Jahr, nachdem wir unseren Freund zu Grabe getragen haben.« Ich wäge die Worte: Was heißt es, einen vertrauten Körper der Erde zu übergeben? Ein Zögern ... doch, ja, ihr Nachklang scheint angemessen. Trotz des Pathos. Fasst er die Herausforderung des Abschieds nicht am besten ... die Konfrontation mit der eigenen Endlichkeit?

Doch nun wird das Gepäck verschnürt und mit ihm die Kladde, in der Ausdrucke, Notizen und Merkzettel aufbewahrt sind. Ein Portrait des Geliebten, wundere ich mich – kurz und kaum merklich –, findet sich nicht in diesem Stapel. Ich halte inne: Hätte es hier seinen Platz? Wohl kaum. Auf meine Reise begleiten mich: zwei Hosen, einige T-Shirts und Hemden. Eine leichte Jacke und die Erinnerung daran, wie es war, als G. noch die Koffer packte. Mit der ihm eigenen Sorgfalt. »Ein Paar Schuhe«, höre ich mich sagen, »wird wohl genügen.« Wann hatte ich angefangen, mit mir selbst zu sprechen? »Du solltest die letzte Fassung des Manuskripts auf dem Rechner speichern: ein Buch über das Leben, an dem er nicht mehr Teil haben ... in dem er aber stets gegenwärtig sein wird.« Das Notebook gleitet in ein schlichtes, schon leicht abgewetztes Lederetui. G. hatte es mir vor mehr als fünfzehn Jahren geschenkt. Nun war es, wie ich selbst, gealtert. Und wieder, wie so häufig in der vergangenen Zeit: ein Stocken der Sprache. Noch ist die Einsicht brüchig, dass die Zeit der Trauer an ihr Ende gekommen ist. Aber wird sich meine Begegnung mit dem vom Tod umfangenen Leben je auf deutliche Begriffe bringen lassen? Und wäre deren Klarheit denn wünschenswert? So denke ich und mache mich an diesem Spätherbsttag auf den Weg: nach Palermo, zum Fest der Toten.

Poiesis

»Möchtest du«, hatte Matteo gefragt, »Allerseelen auf Sizilien verbringen, statt in Frankreich das Grab mit Chrysanthemen zu schmücken?« Der erste Todestag des Gefährten ist im Kalender markiert. Die Einladungen zum gemeinsamen Gedenken sind ausgesprochen und kleine Nachrichten der Anteilnahme treffen ein. Mehr bleibt für den Moment nicht zu tun, um diesem Menschen gerecht zu werden. Außer vielleicht festzuhalten: Die Bilder der vergangenen Zeit verblassen und Gegenwart zeichnet sich mit schärferen Konturen ab. Gleichwohl, ich erinnere mich – etwa daran, dass der erste Versuch, mich dem Sterben als Arbeit an der Sprache zu stellen, von einer Bemühung um Versachlichung geprägt war. Von Tragik keine Spur:

> »Der *exitus letalis* wird in einer medico-legalen Untersuchung festgestellt. Diese liest dem Leichnam die Verwandlung des Menschen in einen Toten ab. Doch neben den *stigmae mortis* gibt es keine allgemeingültigen Zeichen, die den Individualtod des Menschen erfassen könnten. Auch wenn anhand der Todeszeichen Ort und Zeitpunkt des Ablebens präzise bestimmt werden, sprengt der Abschied doch die Logik dieses Aktes, bricht er die Ordnung des euklidischen Raums und einer linear fortschreitenden Zeit auf. Der Abbruch des Lebens, dem wir – anders als seinen kulturellen Verlaufsformen – nicht habhaft werden können, ist nicht unter ein *logo* zu subsumieren. Seine Begleitung fordert symbolische Praktiken: die des Schreibens etwa, die Arbeit an einem Text. Oder auch die Arbeit an einem Garten. Ebenso wenig wie eine eindeutige Bezeichnung gibt es eine universelle, allgemeingültige Theorie des Umgangs mit den letzten Dingen. Wird dieser nicht eingerichtet von einem radikalen Kulturpluralismus, in dem verschiedenste Todesvorstellungen nebeneinander bestehen? Und wird er nicht bestimmt von den Formationskräften der Klassengesellschaft? Im Tod sind alle Menschen gleich. So sagt man. Doch gestorben wird auf verschiedenste Weise. Soziale, kulturelle und religiöse Faktoren bestimmen die Verbindung, die wir zu unserem Ende unterhalten. Ein Nachdenken über den Abschied sollte ihnen Rechnung tragen. Doch vielleicht haben dessen so unterschiedliche Formen dies gemeinsam: Das Sterben trägt eine je individuelle Signatur, in der sich ein Leben zum letzten Mal verdichtet.«

Und ein Bericht, setze ich nach der Lektüre meiner frühen Notizen in Gedanken hinzu, ein Bericht, der die Erfahrung des Abschieds bezeugt, ist eine je individuelle Anstrengung, die in einer unverwechselbaren und persönlichen Stimme zum Ausdruck kommt. Nur in diesem Rückzug auf das Eigene, auf das individuelle Zeugnis kann hier Allgemeingültiges ausgesagt werden: in einer Theorieerzählung, die über große Strecken im Personalstil gehalten ist und doch ein Ich nur fingiert. Ein Ich, dessen Bericht die persönliche Erfahrung übersteigt. Es gewinnt seine Konturen aus der Kraft der literarischen Fiktion und aus der kritischen Reflexion der Welten, in denen wir leben. In einer Theorieerzählung, die darauf setzt, eine *poiesis* des Umgangs mit der Endlichkeit des Lebens zu entwickeln. – Statt auf den Tod mit einem ungebrochenen Rekurs auf Metaphysik zu antworten oder ihn – im Gegenteil – auf das klinisch begleitete Absterben der Körperzellen zu reduzieren. In Platons *Symposion* beschreibt Diotima, in welcher Weise Sterbliche mit der Unsterblichkeit in Berührung kommen könnten: durch eine *poiesis,* die dem Erscheinen des Schönen zugehörig sei. Dessen Emergenz, die der Transgression des endlichen Lebens verbunden scheint, wird als eine Bewegung jenseits der beiden Pole des Lebens, jenseits des Wechselspiels von Geburt und Tod vorgestellt. Sie kann in den drei Arten der *poiesis* begegnen: als natürliche *poiesis* im sexuellen Akt, als städtische *poiesis* in der Erfüllung eines heroischen Schicksals oder als eine *poiesis* der Seele durch die Kultivierung von Tugend und Wissen.[2]

Sicher: In den Platonismus und zur Idee des Schönen führt kein Weg zurück. Gleichwohl bleibt die hier erinnerte Konstellation eine fortgesetzte Herausforderung: Entwirft sie doch das Verhältnis von Ästhetik und Existenz als das einer Tätigkeit. Ist die moderne Variante dieser als *poiesis* gefassten Steigerung des Menschen nicht eine ästhetische Anthropologie, die das Wissen der Literatur und der Bilder für die Bildung einer Person herausstellt? Eine ästhetische Anthropologie, die von der Endlichkeit des Lebens ausgeht und das Wissen um den Menschen in Rücksicht auf die weltaufschließende Erkenntniskraft visueller Wahrnehmung, auf gestisches Ergreifen und sprachliche Gestaltung formuliert? – In einer Theorieerzählung, die, indem sie den Umgang mit den letzten Dingen als eine Arbeit am Buch des Lebens begreift, dem letzten Tabu moderner, säkularer und in sich pluraler Gesellschaften begegnet: dem Tod.

Gestundete Zeit

Das angekündigte Ende traf plötzlich ein. Auch wenn das gemeinsame Leben seit einigen Jahren schon ein Leben gestundeter Zeit war, und die Endlichkeit des Daseins eindringlicher als gewöhnlich vor Augen stand, kam die Nachricht der Ärzte doch unerwartet. – Ob man also einige Anrufe tätigen solle? Die Frage wurde, anstelle der unmöglichen Prognose über die noch verbleibenden Tage, positiv beschieden. G. befinde sich auf der schiefen Ebene: weitgehend schmerzfrei, doch austherapiert. Gegen den aufs Neue wütenden Krebs sei kein Kraut gewachsen.

Zerschlagen die Hoffnung, der neuerliche Klinikaufenthalt wäre, wie so mancher zuvor, eine *remise en forme* – aufreibender vielleicht, aber dann doch mit dem Versprechen verbunden, ein weiteres Mal gestärkt in das Leben zurückkehren zu können. In ein Leben, das für sich schon genug Aufmerksamkeit und Kraft fordert, als dass man in ihm bereits an den Tod denken könnte. Auch wenn die Krankheit den unausweichlichen Abschied immer wieder neu vor Augen stellte, hatte er doch keinen Platz, hatte der Gedanke an ihn keine Chance gegen eine Lebenslust, die wir uns gegen alle Unwägbarkeiten behaupteten. Sicher, die Zeichen der Schwäche waren zuletzt deutlicher geworden. Doch das Leben, das blieb, sollte nicht zu schnell im Zeichen des Endes stehen. Als es an der Zeit war, fand dieses gleichwohl den Raum, den es braucht, um bewusst aus der Welt zu treten und sich so zu verabschieden, wie man sich stets begegnet war – aufmerksam. Sein Ort: ein funktionaler Klinikbau am Zusammenfluss von Sèvre und Loire. Hier also sollte G. auf die dunkle Seite des Schattens gleiten, in dem wir die letzten Jahre verbracht hatten.

Der Abschied erzeugt eine doppelte Einsamkeit: Auch wenn man umgeben ist von denen, die man liebt, so stirbt man doch für sich. Alleine. Und jeder, der zurückbleibt, wird auf sich zurückgeworfen, selbst dann, wenn er gehalten wird von zugewandten Menschen, die ihn mit ihrer Achtsamkeit tragen. Das Zwiegespräch, das dem Abschied eigen ist, bricht ab, die innere Ruhe, die im Sterben liegt, wird raumgreifend. Der schwere Atem ist in den letzten Minuten flach geworden. Die Zeit war aufgebraucht, und mit ihr auch das gemeinsame Leben.

Refugium

Die Welt öffnete sich mir wieder, nachdem sie zuletzt mit dem Lebenskreis des Freundes enger geworden war. Ihre Weite hatte sich mehr und mehr auf einen Garten beschränkt, den wir gemeinsam anlegten, seitdem G. der Stadt den Rücken kehrte. La Nallière, das Haus der Kindheit im Westen Frankreichs, war uns zur *refuge* geworden. – Ein Weiler, in den Ausläufern der *boccage vendéen* gelegen, Teil einer unaufgeregten Hügellandschaft, die in eine Ebene übergeht und zum nahen Meer hin ausläuft. Hier also, zwischen Feldhecken und knorrigen Eichen, Bachläufen und Weideland, hatten wir uns eingerichtet.

Hier wohnten wir in einer heiteren Ruhe, die G. um sich zu verbreiten wusste, doch ohne uns hinter den Mauern abzuschließen, die Haus und Garten von der äußeren Welt trennten. Denn nicht Weltflucht war es, die uns trieb, eher ein Bemühen um Sammlung und darum – früher als zunächst gedacht –, das zu tun, was wir uns gemeinsam vorgenommen hatten: La Nallière als Ort und Ausdruck eines Lebens zu gestalten.

Häufig waren wir in den letzten Jahren von hier aus gemeinsam aufgebrochen. Sicher: Wir mussten uns nach und nach daran gewöhnen, nicht mehr mit gleicher Kraft die Fülle des Vorkommenden genießen zu können. »Du wirst mich noch umbringen«, seufzte G., wenn ich ihm vorschlug, was wir am nächsten Tag alles unternehmen könnten. »Aber nein«, begegnete ich seiner Lakonie: »Du wirst mich bremsen, sollte ich dich zu sehr fordern.« So hielten wir uns im Gleichgewicht einer umsichtigen Aktivität und zogen uns auch auf Reisen zumeist in Gärten zurück. Sie waren dem Freund ein besonderes Glück ... Während ich dies erinnere, stößt stummer Schrei aus einer tiefen Verkapselung hervor, treibt in Sekundenschnelle Tränen in die Augen. Ich sehe: den Orangenhain auf der Insel Chios, die duftenden Höfe eines Riads in Marrakesch – von denen aus wir uns in den Hohen Atlas aufgemacht hatten – und die Terrassen der Insel Salina, die den Blick auf das Vulkanfeuer des Stromboli freigaben. Orte der Kontemplation, die wir aufsuchten, um in sommerlich strahlenden Landschaften zu versinken. Von nun an sollte ich wieder alleine unterwegs sein und alleine an den Ort zurückkehren, an dem der Gefährte der letzten Jahre ein gelungenes Leben seinem Ende entgegengeführt hatte: in einen Weltenwinkel.

Tunesischer Orpheus

Kaum sechs Wochen vor dem angekündigten Abschied waren wir noch einmal aufgebrochen. Vielleicht wollten wir uns beweisen, dass das Leben weiterginge, als wir uns auf den Weg zu einer Konferenz nach Tunis machten. Trotz alledem: Es sollte unsere letzte Reise werden und die erste, die der Freund zumeist im Rollstuhl verbrachte. Wie geschwächt er schon war, sahen die anderen, die mit uns unterwegs waren, klarer als ich. Wir schoben die Zeichen des Verfalls ebenso zur Seite wie die angstvollen Fragen: Wollt ihr wirklich nach Tunesien reisen? In solchen Zeiten, unter diesen Verhältnissen? Doch entschädigte der Blick über Bucht und Meer nicht für die Strapazen? Wog der verblichene Charme der Strandpromenade von La Marsa nicht mehr als alle Sorgen? Wir verweilten für Momente, von denen wir wohl ahnten, sie könnten die letzten sein, neben den jungen Liebenden des Ortes, verbrachten eine Zeit des Einvernehmens, bevor die Müdigkeit G. wieder in das abgedunkelte Hotelzimmer streben ließ. Und ich ihn, von Arbeit in Beschlag genommen, zu lange allein lassen musste.

Am nächsten Tag begleitete uns ein ägyptischer Kollege durch das Bardo-Museum. Wortlos gingen wir durch die Säle. Er hob den Rollstuhl über die Schwellen und suchte mit uns antike Mosaiken auf, in denen G. eine mediterrane Welt vor Augen trat, die er über alles liebte. »Mann-männliche Zuneigung«, sagte Walid, »hat in Kairo einen schweren Stand.« Wir wussten darum. Rasch war nach der Tahrir-Revolution die Hoffnung auf eine neue Liberalität verlorengegangen, waren die Träume der Jugend einem wiedererstarkten Verlangen nach Ordnung erlegen. »Und zwei Männer«, so berichtete er, »die den Bund ihres Lebens in einer privaten Zeremonie besiegeln wollten, sahen sich öffentlich gedemütigt, nackt aus dem Haus und für Jahre ins Gefängnis getrieben.« Sexualität und Zuneigung jenseits gesellschaftlicher Zwänge und religiöser Normen leben zu können, bleibt ein Prüfstein der Freiheit. Wir hatten es nahezu vergessen – waren die Kämpfe dieser ägyptischen Männer doch nicht mehr die unseren.

Lange verharrten wir gemeinsam vor einem Orpheus-Mosaik aus dem dritten christlichen Jahrhundert. Die Mänaden, so berichtet der Mythos, hatten den ersten Sänger in Stücke gerissen, und am Ende seines Lebens trieben die Körperteile über das Meer. – Wohl zur Strafe für seine Neigung zur Knabenliebe, der er sich nach dem Verlust Eurydikes zugewandt hatte. In Tunis wurden wir von Orpheus auf die Konfrontation der Künste mit der Endlichkeit und mit den Lüsten des Menschen verwiesen. Machen sie in dieser Konstellation von Begehren und Verlust nicht eine spezifische Schönheit erfahrbar? Doch wie kann diesem Sinneseindruck Form, Gestalt und Wirklichkeit gegeben werden? Wie wäre eine ästhetische Erfahrung zu fassen, die wohl nicht nur im Feld der Künste zu haben ist? Eine Erfahrung, die mit der Frage nach Schönheit schon lange nicht mehr angemessen erfasst werden kann. Zielen die Werke der Kunst doch zumeist auf anderes: auf Welthaltigkeit, Erkenntnis und Kritikkraft etwa.

Findet der Gesang des Orpheus – der nicht nur am Ursprung der Oper steht, sondern als prominentes Motiv die Geschichte der Malerei ebenso durchzieht wie die literarische Moderne – in ihnen noch einen Resonanzraum? Doch die Frage, die mich umtrieb, war weniger: Wie machen die Künste den Tod zum Thema? Sondern vielmehr: Wie kann man mit einer ästhetischen Haltung der Endlichkeit des Lebens begegnen?

Das Gesicht des Orpheus war ausgeschlagen und die Leerstelle mit den kleinen weißen Steinen des Hintergrunds neu belegt worden. An uns war es also, die charakteristischen Züge in der Phantasie wieder zu ergänzen, der Gestalt Augen und ihrem Gesang einen Mund zu geben. Begleitet wird der von seiner Trauer verzehrte Sänger, dessen Musik belebte und unbelebte Natur bezauberte, von Tieren: von einem Löwe und einem Panther, von einem Vogel und einem kleinen Äffchen, das uns am besten gefiel. Ihr Naturalismus, durch präzise Arbeit und graduelle Farbabstufungen der Steinchen erzeugt, ist von bestechender Kraft. Mit Blick auf die gezähmte Wildheit dieser Welt war das Orpheus-Motiv noch mit der Vorstellung des guten Hirten zu verbinden, die magische Wirkung der Musik mit dem Wort des christlichen Gottes. Doch keine hundert Jahre, nachdem unbekannte Hände das Mosaik gelegt und Eusebius' Schriften diese konziliante Haltung formuliert hatten, änderte sich die Lehrmeinung der katholischen Kirche, wetterte Augustinus gegen die fortgesetzten heidnischen Feiern zu Ehren des Thrakers. Ist die weiße Fläche, auf der wir uns das heute verschwundene Gesicht vorstellen, also Zeugnis eines Bildersturms? Oder doch nur Index von Geschichtlichkeit, Verfall und Rekonstruktion? Wie auch immer. Die christliche Verurteilung des Orpheus – der Eurydike durch seine Kunst wiedergewann, um sie beim Rückweg aus der Unterwelt sogleich wieder entschwinden zu sehen – hat dem Fortleben des Mythos keinen Abbruch getan: Die Konfrontation des Menschen mit den letzten Dingen steht noch in unserer Gegenwart gerade auch in seinem Zeichen. Doch sterben zu lernen – und damit zu leben – stand und steht nicht auf der Agenda.

Kaum hatten wir das Museum verlassen, zog inmitten der Stadt ein Leichenzug an uns vorüber. In der Erinnerung waren wir noch dem Farbenspiel der orphischen Welt verhaftet, das sich nach und nach von den Mosaiksteinchen abgelöst und den Museumsraum gefüllt hatte. Der Sarg wurde von mehreren Männern auf den Schultern getragen, ein Friedhof war nicht zu sehen, und die Trauergemeinde trat kaum aus dem Straßenbild hervor. Wenige Minuten nur dauerte die Szene, dann waren die Klänge der Musik verweht und wir wieder alleine mit uns und den Gedanken an das näher rückende Ende. – Dem wir in Tunis mit Hilfe der Freunde ein letztes Mal die Stirn boten.

Caritas

Dass wir nicht länger gemeinsam durch die Kasbah hatten ziehen können, bedauerte G. am meisten. Stöberte der Gefährte doch gerne in den kleinen Läden der Basare, in denen er immer einen Gegenstand fand, dem eine für ihn besondere Bedeutung zukam. Unser Weg führte bergauf, und die gemeinsame Tour durch die Stadt wurde schweißtreibender. Während ich den Rollstuhl nach oben schob, kamen uns drei in schwarze Tschadors gehüllte Mädchen entgegen, die eine alte Frau begleiteten. Mit Blicken, die sich sonst wohl nie gekreuzt hätten, verständigten wir uns: Ihren Stuhl zu bremsen, rief der Freund lachend, sei wohl nicht leichter, als den seinen zu schieben. Auch wenn wir mit Vorsicht durch die Gassen zu navigieren suchten, vorbei an den Auslagen zu beiden Seiten und die Regenrinne im holperigen Pflaster meidend, ist die Altstadt von Tunis nicht wirklich gutes Terrain für Rollstuhlfahrten. Der Mantel sprang vom Reifen und wir fanden uns blockiert inmitten der Menge – wie sollte G. den weiteren Weg zurücklegen? Doch ehe wir uns versahen, wurde mithilfe eines Stocks die notwendige Reparatur erledigt, waren die Decken, die zumindest die härtesten Stöße etwas abfedern sollten, wieder zurechtgelegt. Wir machten uns also weiter auf durch die labyrinthischen Wege der Stadt, an Brunnen und Moscheen vorbei. – Und an bunten Plastikhockern, die angeboten wurden, damit ich mich kurz setzen und der Gefährte, mein Bruder, etwas Wasser trinken könne. Es waren die kleinen Gesten, die wir mehr und mehr zu schätzen wussten.

Mit ihnen fanden wir auch Gefallen an den einfachen Dingen: Auf einem kleinen Tisch lag frischer Jasmin, seine kleinen Blüten waren mit etwas Bast und einem roten Bindfaden zu einer Blume gebunden. Zog man den Faden auf, entfaltete sie sich und verströmte ihren Duft. Dieses filigrane Bündel sollte G. die kommenden Tage begleiten, in denen er der Welt schon mit größerem Abstand entgegentrat als in den Wochen zuvor. Mit den Blüten trug er das Emblem der Fatima an seinem Körper, ein aus dünnem Blech gestanztes Schutzzeichen der islamischen Volkskultur. Es hat ihm gute Dienste geleistet und sollte mit dem Jasminsträußchen seinen Weg in den Sarg finden. Doch das wusste ich noch nicht, als der Freund mir eines Abends eine der weißen Blumen ans Revers steckte. Und ich sah: Seine Hand war zerbrechlicher geworden.

Aus dem letzten Zimmer

Zwei Tage, zwei Nächte wurde sein Körper von Leiden gemartert. Wir gerieten, ineinander verklammert, an das Ende unserer Kraft. Im Kampf um das Leben treffen die Schläge den Menschen, den man liebt, am härtesten. Das hatte ich gelernt und merkte: Die Kontrolle entgleitet. Ein Abgrund tut sich auf. In der Klinik waren die Schmerzen bald wieder erträglich, keimte eine letzte, doch rasch wieder verblichene Hoffnung auf. Nein: Sein Wunsch, noch einmal in das gemeinsame Haus zurückzukehren, sollte sich nicht erfüllen.

Nun war es aufgegeben, den Gefährten an die Grenze zu begleiten, an der das Leben abbricht. Es begann eine Zeit der Erzählung: Es galt, die existentielle Erfahrung des Abschieds zu berichten. Aus diesem letzten Zimmer würde er nicht mehr heraustreten. Um Worte zu ringen – und in ihnen um eine Ordnung –, gab Halt. Worte, die für sich alleine gesprochen wurden, Worte, die geteilt wurden, und Worte, die eine Gemeinschaft im Schmerz stifteten. Sie standen am Beginn einer Erzählung, die der Freund mir in seinen letzten Stunden abverlangt hatte. Mit der Frage: »Wirst du denn einen schönen Text für mich schreiben?« »Aber ja«, sagte ich, »das weißt du doch.« Und fragte doch zugleich: Kann man angesichts des Endes wirklich vom Schönen sprechen? Sah ich mich doch vielmehr mit dem Grotesken konfrontiert. Der Tod verzerrt die Züge. Verfehlt, wer auf Schönheit zielt, nicht den Umgang mit den letzten Dingen und versucht vergeblich, eine hoffnungslos antiquierte Kategorie zu retten?

Sicher: Das Schöne war im Prozess der Moderne mit den unhinterfragten Gewissheiten des Daseins außer Kurs gesetzt worden. Nicht nur als Kriterium im Feld der Künste. Doch was der Begriff bezeichnet, scheint als eine Qualität, der wir begegnen können, weiterhin von Bestand zu sein. – Und sei es als eine unbestimmte Sehnsucht, die auf einen Zustand zielt, in dem uns Leben innerlich spürbar werden kann. Als ein Moment, in dem die Erfahrung eines Mangels in Fülle umschlägt. Wird in diesem nicht ein aus dem Verlust erwachsender

Reichtum des Lebens zugänglich? Eine Fülle, die an den Prozess der Erkenntnis und nicht an eine stets nur angenommene Unmittelbarkeit gebunden ist? Auch wenn uns diese als Fiktion unverzichtbar scheinen mag. Ob G. wohl geahnt hatte, dass er es mir mit seiner Aufforderung, einen schönen Text zu schreiben, leichter machen würde, das Kommende zu ertragen? Die ganze Last und Bürde, die darin liegt, einen Körper, der einst der Leib des begehrten und geliebten Menschen war, einer letzten Ruhestätte zu übergeben. Erst später wurde mir klar: Die Schönheit der Sprache, die der Freund mir abverlangte, war das Zeichen, unter dem er sein Leben geführt hatte. Ein Zeichen, von dem er hoffte, dass es auch sein Ende bestimmen würde, den Moment, in dem er mit dem Leben eins werden würde. Und das doch zugleich den Abstand zu diesem markiert, eine Distanz herstellt, die – bei aller Verstrickung – die Bedingung des Erzählens ist. Der Erzählung eines Lebens.

Ich sprach also mit seinen Nächsten über den sich nähernden Tod – eine Klarheit des Ausdrucks schien mir passend: Entsprach sie doch der inneren Ruhe, die sich von G. auch auf mich übertragen hatte und diejenigen irritiert haben mochte, die von ihrer Trauer und eigenen Ängsten in den Würgegriff genommen waren. Wir wählten die Grabstätte, das Epitaph und die Musik für ein letztes Geleit. Nein, dieses Portrait gefalle ihm nicht, sagte der Freund, wohl aber jenes, das ihn auf dem Fest unserer Hochzeit zeige. Wir hatten sie kaum drei Monate zuvor gefeiert. Ich sagte nicht: So also willst du in Erinnerung gehalten werden? Wir betrachteten schweigend das Photo. Eine innere Kraft überstrahlte die Zeichen der Schwäche. G. wollte die Krankheit bis zum Schluss nicht seine Erscheinung bestimmen lassen, war darum bemüht, die ihm eigene Eleganz gegen den Verfall zu setzen. – Und hatte er dies nicht sein Leben lang so gehalten? Doch es war nicht das Bild eines Narziss, das er wählte, sondern das Portrait eines zugewandten Menschen, der in sich ruht. Was mir die Worte waren, die zu notieren er mir aufgetragen hatte, das waren ihm die Bilder; Bilder, aus denen eine Lebenskraft zu ziehen war, die in Momenten großer Einfachheit des Daseins aufscheinen kann. Wir hatten sie so häufig gemeinsam erfahren. Auch wenn es unausgesprochen zwischen uns blieb, so wusste G. doch wohl, dass er, mit der Wahl des Sterbebildes, sein Leben besiegelt hatte: mit einem Portrait, das einen Menschen in der ihm eigenen sinnlichen Präsenz zeigt, das die markanten Züge der hohl gewordenen Wangen zu erkennen gibt und einen festen Blick, der in eine unbekannte Ferne gerichtet schien.

An mir war es nun, seinen Text zu schreiben, eine Totenrede, von der ich nicht wusste, ob ich, wenn es an der Zeit wäre, die Kraft haben würde, sie vorzutragen. Die ersten Sätze wurden in den Nächten im Krankenzimmer notiert, schlaflos neben dem schwächer und schwächer werdenden Körper, unter der sorgenden Obhut der Ärzte, die mahnten: »Verstricken sie sich nicht zu tief in seinen Abschied. Gehen sie ins Freie, Monsieur Tom.« So riet Schwester Aisha, deren Name »die Lebendige« bedeutet. »Treffen sie sich mit Freunden in der Stadt«, empfahlen die Pfleger. Was ich tat – um am Abend, zurück am Bett des Sterbenden, die Sätze aufzuzeichnen, die sie mir gesagt hatten, die Erinnerungen zu fassen, die von uns gemeinsam aufgerufen worden waren. Und auch die kleinen Gesten und leisen Worte, die G. mir zum Trost auf den weiteren Weg mitgeben wollte.

Der Tod im Leben

Ein kleines Schreibheft in der Jackentasche: Ich trage seine Worte auch heute bei mir. An einem Tag, an dem mir deutlich wie nie vor Augen tritt, dass mich der Aufbruch trägt. Doch diese Worte sind gleichsam in mein Innerstes eingenäht. Eintrag um Eintrag hatte sich das Heftchen in den letzten Monaten gefüllt: mit Texten, die in konzentrierten Arbeitsphasen zu Papier gebracht wurden, mit kurzen Passagen, die schnell notiert waren. Auf dem Weg nach Palermo bin ich für einige Stunden am Flughafen Rom-Fiumicino gestrandet. In den bevölkerten Wartezonen zwischen den Gates, die wiederkehrenden Durchsagen und Signaltöne im Ohr, erinnere ich das abgeschattete Krankenzimmer, in dem die Zeit des Abschieds als eine Zeit der Erzählung begonnen hatte.

Eine gemeinsame Reise an den Tiber kommt mir in den Sinn: Nein, wir hatten uns nicht zu einer Pilgerfahrt aufgemacht – als spirituelles Zentrum des christlichen Abendlandes hatte Rom nicht nur für uns seine Bedeutung längst verloren. Doch mit Neugier beobachteten wir die Menge der Gläubigen und einen versonnenen Jesus-Darsteller auf dem Petersplatz. Trost lag nicht darin. Christus, der, wie es heißt, den Tod für die Menschen überwunden hat, war uns weder Halt noch Versprechen. Und auch nicht die in Rom allgegenwärtige Übermacht der Geschichte, die an die Überlieferung einer antiken Vorbildkultur erinnert: In dem von ihr abgeleiteten Menschenbild konnten wir uns nicht mehr erkennen. Der Humanismus des Wahren, Guten und Schönen? Ein schaler Nachgeschmack. Geblieben waren: barocke Schnörkel und die Bilder der Menschen, die, auf enge Boote gepfercht, im Mittelmeer ertranken. Die Fernsehnachrichten berichten, während ich in Erinnerungen versinke, aus Lampedusa und von dem großen Sterben in der Straße von Sizilien, die Europa von den südlichen Küsten des Meeres und seinen eigenen Idealen trennt. *Et in arcadia ego* – ein ganzes Bildungsprogramm schnurrt in einen Satz zusammen ... auch in Arkadien ist der Tod ... auf den Bildschirmen lösen bunte Werbewelten die Newsticker der Nachrichtenkanäle ab. Ich schlendere weiter. In den Transitgängen des Flughafens kommt mir die G. eigene Begeisterung in den Sinn: für die Vogelschwärme im römischen Abendhimmel etwa oder für eine einfache Mahlzeit im Schatten des Pantheon und für die Ruhe vor dem Grab Raffaels. Der schlichte Stein erschien uns als Emblem des Austritts des Menschen aus festen Naturzusammenhängen und seine Botschaft gegenwärtig in ihrer Prägnanz. *Ille hic est Raphael*, so lasen wir das eingemeißelte Distichon Pietro Bembos: »Dieser hier ist Raffael, von dem die große Mutter der Dinge fürchtete übertroffen zu werden, solange er lebte, und mit ihm zu sterben, als er starb.« War hier nicht auch eine Souveränität des Menschen seinem Tod gegenüber formuliert? Der Einsatzpunkt einer ungebrochenen Modernität, in der Natur erst als Kultur zur Geltung kommt – und dies auch im Austritt aus dem Leben?

Nicht nur Malerei, durch die Natur in Landschaft verwandelt und als Kulturzusammenhang beherrschbar geworden war, begründete diese Souveränität, sondern auch eine Ritualisierung der Begegnung mit den Verstorbenen. So wird etwa beim sizilianischen Fest der Toten nicht nur der christliche Glaube an eine Auferstehung bestätigt, nach der die Lebenden mit denen, die sie verlassen hatten, wieder vereint würden. Die Toten kehren an Allerseelen vielmehr in das Leben und zu ihren Familien zurück. Nicht nur die Gräber werden mit Blumen geschmückt, in den Wohnungen wird am Abend ein Tisch mit Milch, Honig und Marzipanfrüchten aufgestellt, um die Toten willkommen zu heißen, um sie wieder im Kreis des Lebens aufzunehmen. Und am Morgen suchen die Kinder in allen Ecken und Winkeln des Hauses nach den kleinen Geschenken, die der Verstorbene – mag es eine der kindlichen Erinnerung lange vertraute Oma oder ein kaum bekannter Großvater gewesen sein – ihnen gebracht hat. In einer Nacht, durch die ein Zauber des Geheimnisvollen und auch der Ängste wehte. Doch die Begegnung mit dem Tod im Leben hat so auch eine spielerische Seite, und selbst die Erwachsenen bedenken sich an diesem Tag mit kleinen Aufmerksamkeiten. Ob auch mich, so frage ich im Stillen, in Palermo ein Geschenk erwarten wird?

Eine Lektion

Es gibt eine Haltung dem Leben gegenüber, die sich in Zeiten der Krankheit in besonderer Weise zu bewähren scheint. In ihr wird der gewahrte Abstand zwischen Menschen zur Bedingung ihrer Zuneigung. In der Nähe ihres geteilten Lebens bleibt eine grundlegende Ferne eingeschlossen: eine uns stets aufs Neue frei setzende und Zuwendung stets aufs Neue ermöglichende Distanz. Gilt, was hier mit Blick auf zwei Freunde gesagt ist, deren Wege sich verflochten haben, nicht auch im Allgemeinen für eine Art und Weise, sich mit dem anderen im Zeichen des Abschieds in Verbindung zu setzen? Kann aus dieser Lebenshaltung abständiger Nähe doch eine diskrete Kraft erwachsen, die es ermöglicht, das eigene Leben als ein der Welt weiterhin zugewandtes zu führen und aus der Krankheit einen Gewinn zu ziehen, neben dem Verlust auch Bereicherung zu erfahren. Einem Menschen, dem sich diese Kraft mit einem unverbrüchlichen Optimismus verbindet, kann gelingen, in der Konfrontation mit seiner eigenen Endlichkeit eine Lektion des Lebens zu geben.

Modernität

Ich erinnere mich: Nur langsam füllte sich mein Gedächtnis mit den Bildern und Stimmungen eines vergangenen Lebens. Erst als der unmittelbare Druck des Abschieds schwächer und die innere Leere größer geworden war, kam mir etwa ein Gespräch mit G. wieder in den Sinn. »In Frankreich«, so sagte er einmal beiläufig, »finden sich die Leichenhallen oft an der Peripherie der Gemeinden: in Industriegebieten, in guter Nachbarschaft mit Sanitärgeschäften und Baustoffhandel.« Nahezu täglich fuhren wir am *funérarium* des kleinen Dorfs vorbei, an dessen äußerstem Rand wir seit einigen Monaten lebten.

»Ist seine Lage nicht symptomatisch für den Umgang mit dem Tod in der Moderne?« »Aber ja. – Die Orte der Aufbahrung sind funktionale Zweckbauten, denen Namen mit romantischer Anmutung gegeben wurden. Etwa: *L'Horizon*.« Was findet sich hinter der Fassade dieses schnell hochgezogenen, zum schweifenden Blick einladenden Gebäudes? Wohl ein weiß gekachelter Raum für die Einsargung und zwei Zimmer, die in unterschiedlichem Ambiente gehalten sind: weites Meer und Hügelland. Dazu eine Teeküche für die Trauergemeinde und im Foyer ein Tischchen, auf dem das Kondolenzbuch liegt. Im Rückspiegel verschwand *Der Horizont* rasch aus dem Blick. Hier also, dachte ich bei mir, wird einmal die Totenwache zu halten sein: Ein Ritual, das, unterbrochen nur von den Momenten des Schlafs, sich über Stunden und Tage erstreckt.

Wir waren auf dem Weg zu einer Chemotherapie-Sitzung in Nantes. Auf der Autobahn dahingleitend sprachen wir über das Sterben. »Der medizinische Fortschritt«, sagte G., dem eben erst ein Infusions-Port eingepflanzt worden war, »bestimmt den Raum des Todes neu: Das Leben geht heute doch meist in Hospizen zu Ende, die eine professionelle Begleitung ermöglichen.« »Ja, sicher« – meine Antwort kam verhalten über die Lippen. »Aber wir hoffen doch, im Vertrauten zu sterben. Unser Wunsch ist stark, wie früher in den eigenen vier Wänden zu enden.« – Auch wenn wir wissen, dass dies nicht immer zu unserem Besten wäre. Ist es nicht ein Allgemeinplatz zu sagen, das Sterben habe keinen Platz mehr in unserer Gesellschaft und werde in die Funktionsbereiche der Kliniken abgedrängt? Sie halten das Leiden erträglich. Auch wenn eine Palliativstation selten ein dem Abschied angemessener Raum ist, so ist das Sterben in der Moderne doch keineswegs ortlos geworden. Denn ganz gleich, wo das Leben endet, die Möglichkeit des Abschieds muss stets erst geschaffen werden. Als ein Raum, an dem wir unseren Ängsten begegnen und den Tod willkommen heißen können. So trugen mich meine Gedanken davon.

Wie aus weiter Ferne drang die Stimme des Freundes an mein Ohr: »Während die Sorge um den kranken Körper Spezialisten übertragen und weitgehend demokratisiert worden ist, scheint mir die spirituelle Dimension der letzten Lebensdinge ein fundamentales Defizit der Moderne. Der Umgang mit Krankheit und Tod wurde versachlicht, tradierte Formen, dem Tod zu begegnen, wurden außer Kurs gesetzt, neue jedoch nicht wirklich ausgebildet. Ein modernes Ritual … eine neue Sterbekunst …« – nach kurzer Pause brachte

G. seinen Satz zu Ende: »Bleibt die *ars moriendi* nicht in einer individuellen Anstrengung je aufs Neue zu erfinden? Eine Segnung wünsche ich mir, eine Markierung der metaphysischen Dimension meines Lebens. Darin bin ich von dir, dem Agnostiker, unterschieden.«

Wir öffneten die Fenster, und der Wind kam herein und mit ihm die Weite, der wir eben entgegenzufahren schienen. Wir spürten warme Luft auf der Haut, und für Bruchteile eines Lebens schienen wir jenseits der Zeit. Von den Feldern am Straßenrand flogen Krähen auf, und nichts konnte unser Einvernehmen stören. Das Flirren des Windes vermischte sich mit den Celloklängen aus den Lautsprechern. Wie so oft verloren wir uns in der Musik Raphaels, in Versen rauer Melancholie:

Mais y a rien d'autre à dire, je veux rien te faire croire,
Mon amour, mon amour, j'aurai le mal de toi,
Mais que veux-tu?[3]

Unterdessen waren wir in der Klinik angekommen und begrüßten über die Jahre vertraut gewordene Schwestern und Pfleger. G. wusste um den Wert der Freundlichkeit des Umgangs, dem wir hier begegneten. Schnell waren die Infusionen angehängt, die den Tod aufschieben – noch, zumindest für einige Zeit. »Es bleibt nichts weiter zu sagen, ich will dir nichts vormachen. Mein Lieber, meine Liebe, mir wird es dreckig gehen.« Die Worte Raphaels überlagerten sich mit dem Gesicht des Gefährten, das ich im Spiegel sah. Mir schien, als würde ich in seinem Antlitz versinken, während er alle Prozeduren freundlich plaudernd über sich ergehen ließ. Es war das eines duldsamen Menschen: »Aber was soll ich machen … ?«

Das rechte Verhältnis

Hat dieses Gespräch, frage ich mich, je so stattgefunden? Meine Erinnerung ist vage und eine Überlagerung von Bruchstücken des Erlebten. So könnte es gewesen sein. Im Gedächtnis verbinden sich gesicherte Sätze und Bilder mit solchen meiner Einbildungskraft. In ihnen suche ich zu fassen, was am Rand des Vergessens eben noch greifbar ist. Den Klang der Musik, die uns durch

diese Autobahnfahrt getragen hatte, frische ich von Zeit zu Zeit auf. Er ist schmerzhaft, doch ich möchte ihn im Ohr behalten. Die Stimmung, die ich mit ihm assoziiere, wandelt sich. Liegt der Moment, der mich an Raphaels Lied bindet und sich nun, nach und nach, zu einem Gedächtnisbild verdichtet, doch schon einige Monate zurück – wie auch die letzte Chemotherapie meines Gefährten. Stets hatte ich G. zu diesen Sitzungen begleitet … nach und nach … nach und nach schwand die Wirkung der Medikamente. Nach und nach verringerte sich auch die Anzahl der Blutblättchen – an eine Therapie war nicht mehr zu denken. Nach und nach verloren sich die Kräfte, wurde die einst so feste Stimme schwächer. Wir tauchten ein in den letzten Klang und verbrachten die verbleibenden Stunden des gemeinsamen Lebens im Wissen darum, dass alles, was wir taten, wohl zum letzten Mal getan sein würde. Etwa einen Tee aufzubrühen und ihn den Freunden einzugießen, die sich nun am Sterbebett einfanden. Und: Die Rosen zu riechen, die aus dem Garten ihren Weg in das letzte Zimmer fanden. Oder: Die Hand zu fassen, die G. mir eines Nachts auf die Schulter legte, um den Schmerz mit einer zärtlichen Geste zu lindern. Wir waren einander zugeneigt. Angstvoll in unserer Ruhe. Doch zugleich: nach und nach gelassener.

Erst jetzt treten die verblassten Bilder und die verklungenen Worte wieder hervor: Sie waren merkwürdig kraftlos geworden. Ich bringe sie zu Papier, verflechte sie zu der Erzählung eines Abschieds. Schreibend umrunde ich gleichsam das Schmerzzentrum – die aufgerissene Leere; schreibend mühe ich mich, das Ungeheuerliche zu versachlichen: die Wunde, die der Tod geschlagen hat. Zur Anstrengung des Berichtens gesellte sich bald ein ruhiges Lesen – einiger Verse Goethes und der späten Gedichte Hölderlins etwa. Mit Gewinn versenkte ich mich in Baudelaires *Fleurs du mal* oder in Rilkes *Sonette an Orpheus*. Bald konnte ich einige Verse aus Ungarettis Gedichtsammlung *L'Allegria* hersagen. In ihnen wurde mir eine im Zeichen des Krieges erfahrene Welt mit der Kraft radikaler Reduktion vor Augen gestellt, sah ich ein durch poetische Selbsterfahrung bestimmtes Leben auf seinen Grund verwiesen: Alles Überflüssige war weggenommen und der Blick auf das Nichts freigegeben, in dem ein Wort nur noch Halt gibt – *nulla*. Kein hoher Ton, keine Emphase – eine Reinheit der Sprache, die nicht aus artistischer Spielerei, sondern aus der Konfrontation mit dem Leben und der literarischen Tradition gewonnen wird.

Eterno
Tra un fiore colto e l'altro donato
l'inesprimibile nulla

Ewig
Zwischen einer gepflückten Blume und der geschenkten
das unausdrückbare Nichts[4]

Doch an Lektüre war noch nicht zu denken, als ich begonnen hatte, die ersten Worte in meine Schreibhefte zu notieren. Sie sollten mich die nächsten Monate über begleiten, in denen ich unseren Garten und dieses letzte Zimmer hinter mir zurückließ. Ich notierte sie auf fein liniertes Papier, auf Blätter in einer taubenblauen Bindung, die in ein helles Grau changiert. Der Abschied hatte seine Farbe gefunden. Ob es wohl ein Kommendes nach dem Tod gäbe, fragte G., und ich antwortete, dass er stets einen Platz in meinem Leben haben würde, wie auch in dem aller Menschen, die ihn lieben. Und ich mochte glauben, was ihm wohl ein den Abschied erleichternder Halt war: dass er, wo immer er auch sein würde, an uns denken wolle. So wie auch wir, setzte der Geliebte hinzu, bisweilen uns an ihn erinnern könnten. Damals war mir nicht vorstellbar, was ich heute weiß: Man muss sich mit den Toten, die uns auf immer treue Begleiter sind, in ein rechtes Verhältnis setzen.

Freundschaftssphäre

Der Flug, der mich nach Palermo bringen soll, hat Verspätung. Und so beobachte ich in Rom noch eine Weile die in die Umlaufbahnen des Verkehrs geschossenen Reisenden und erfinde Geschichten ihres Lebens. Ganz so, wie ich die Geschichte des Freundes erfinde, Beobachtung mit Fiktion, Erinnerung mit Imagination verknüpfe, um der Wirklichkeit dieses Lebens gerecht zu werden. – Und auch dem Abschied, der mir nun, nach Monaten der schreibenden Annäherung, zugleich als Bruch und als Verwandlung erscheint. Nicht als eine Metamorphose des verstorbenen Gefährten, sondern als eine Transformation der Freundschaft, die mich an ihn bindet. Diese ist Geschichte geworden – also Erzählung. Ist sie nicht aus dem Raum herausgetreten, in dem wir sie entspon-

nen hatten, und in den Raum der Sprache, den Raum des Buches eingetaucht? Geschichten spinnen, denke ich, ja, das konnte mein Freund. Geschichten zu hören wünschte er sich. Sie nur selten erzählt zu haben, bedauere ich heute am meisten. Geschichten – G. fand sie auf unseren Reisen, im Alltag und in den Gesichtern der Menschen, denen er begegnete.

Gerne hätte ich gemeinsam mit ihm die Stadt erkundet, von der ich bei meinem Besuch vor einigen Jahren nur einen ersten, wenn auch besonderen Eindruck bekommen hatte. Auch hätte ich ihm gerne Matteo vorgestellt – den sizilianischen Mann, dessen Silhouette für mich mit der Physiognomie Palermos verschmolzen ist, seitdem er mit einem überraschenden rituellen Akt in mein Leben getreten war. »Du kannst ihn dir«, hatte ich dem Freund berichtet, »wie einer der Figuren aus *Il Gattopardo* vorstellen; Matteo scheint mir Tomasi di Lampedusas Roman entsprungen, der den Untergang einer Welt und den Weg Siziliens in die Moderne erzählt.«[5] War er nicht, darin der Figur des Tancredi ähnlich, ein Mann, in dessen Person sich aristokratische Verfeinerung mit heiterer Vitalität verbindet, Eleganz mit spielerischem Leichtsinn und einer bestimmenden Aufmerksamkeit für die Menschen seiner Umgebung? Immer würde er Stil gegenüber Bequemlichkeit den Vorzug geben. Doch so sehr Matteo Teil einer romanesken Welt zu sein schien, so gegenwärtig war er im Umgang mit anderen und achtsam in den Gesprächen mit ihnen. Von der Religion, so erinnerte er bei unserer ersten Begegnung einen Gedanken Roland Barthes', sei nur die Faszination des Ritus geblieben: Die Rituale der Freundschaft zu zelebrieren, überbiete noch das Ereignis, das einst ihr Anlass gewesen sein mochte.[6] Von welcher tiefen Bedeutung diese Verlaufsformen der Verbundenheit sind, hatte ich damals nicht begriffen. Erst der Abschied erschloss mir wirklich das Verständnis für die Kraft eines rituellen Umgangs – nicht nur mit den letzten Dingen, sondern gerade auch zwischen Menschen, die radikal mit jeder Form von Genealogie zu brechen suchen; die eine Struktur des Lebens zurückweisen, in der jeder Einzelne nur als Hüter eines von Generation zu Generation weiterzugebenden Erbes und als Teil einer im festen Grund des Vaterlands und des Katholizismus verwurzelten Familie gilt. Für Matteo, das ahnte ich schnell, war diese Aufgabe ungleich größer als für mich selbst.

»Unsere nächste Reise«, hatte G. in Tunis geträumt, »wird uns nach Palermo führen. Du hast mir schon so viel von deinem sizilianischen Freund erzählt, dass er auch meine Welt durchwandert: als eine nahezu mythische Gestalt.«

Lebten wir nicht in einem Netz freundschaftlicher Bezüge, mit Menschen verwoben, in denen wir uns erkannten? Man müsse sich bemühen, so schreibt Barthes an einer Stelle, »von der Freundschaft wie von einer reinen Topik zu sprechen«, sie als einen »Raum der kultivierten Affekte«[7] zu entwerfen: Einen Raum der Freundschaft, einen Raum der Freunde – in ihm bewegten wir uns in der Bemühung um eine geteilte Freiheit, die unsere Nähe begründete. »Ich werde«, lasse ich Matteo wissen, »wohl mit einigen Stunden Verspätung bei dir und in deiner Stadt eintreffen.« In den letzten Jahren hatten wir uns selten gesprochen, was der Bindung zwischen uns keinen Abbruch tat: Es war die einer unausgesprochenen und in einem Augenblick erspürten Vertrautheit. So war er schnell zum Teil der »Freundschaftssphäre« geworden, in der ich mit G. – um es mit Barthes zu sagen – eine »privilegierte Beziehung« geführt hatte.[8] Und in der wir darauf achteten, jede Freundschaft, die wir pflegten, zu einer einzigartigen werden zu lassen.

Nun nimmt die Arbeit an der *memoria* den Platz des Begehrens, der sinnlichen Zuneigung und der Sorge ein. Zugleich gilt es, die Ansprüche eines genealogisch geprägten Familienbilds abzuwehren, dessen Geltung gerade in der Konfrontation mit der eigenen Endlichkeit nachdrücklich verteidigt wird. Ich erinnere mich: Die acht Schwestern des mir in den letzten Lebensmonaten noch zum Gatten gewordenen Freundes wollten sich in der Zeremonie des Abschieds zu einem Kreis um den Sarg versammeln. Hand in Hand hätten sie nicht nur den toten Bruder ein-, sondern alle anderen ausgeschlossen, die sich G., aber nicht dem Clan zugehörig fühlten. Ich hatte mir dies also verbeten und doch nicht verhindern können, dass der wohl von Generation zu Generation jeweils aufs Neue zu bildende Kreis nach und nach zum mentalen Schema einer Neujustierung der Familienbezüge wurde. Sie waren aus den Fugen geraten. Nun wurden sie wieder zurechtgerückt. Ist Genealogie manchen in Blutsbanden verstrickten Menschen doch noch immer der einzige Halt im Leben. Angesichts der Bodenlosigkeit der eigenen Existenz ist sie ihnen die brüchige Hoffnung einer auf festem Grund und über die Zeiten hinweg fortbestehenden Ordnung. In ihr wollen sie überdauern. Offenheit der Bezüge zwischen Menschen und das Bemühen um die fortgesetzte Transformation ihrer Wirklichkeit haben in diesem Denken hingegen keinen Platz.

Stellung im Begehren

Bin ich nicht auch auf dem Weg nach Palermo, um der sich abschließenden Großfamilie und ihrem Konservatismus zu entkommen? Nach dem Tod des Gefährten war dieser allzu rasch wieder erstarkt. Machte ich mich nicht auf, um in der Arbeit an der Erinnerung die Freiheit, die G. für sich gewonnen hatte, ebenso zu behaupten wie die meine? Die Freundschaft hatte für uns einen zugleich imaginären und realen Ort gefunden: Ein Haus, ein Garten, eine Wiese in La Nallière waren zum Raum ihrer Entfaltung geworden. Und eben nicht länger ein Grund der Verwurzelung – die Wiese der Kindheit: ein Traum, Teil einer fabelhaften Verwandlung, nicht der Pflege des Erbes. Auch wenn der Freund im Zeichen des näher rückenden Todes die Frage nach dem, was von seinem Leben Bestand haben würde, mit anderer Dringlichkeit stellte. Was bleibt? Ist es nicht das Fortleben einer verkörperten Haltung der Welt und den Dingen gegenüber, die mein Gefährte von sich auf andere zu übertragen gewusst hatte? – Und ein Garten, der mir heute als die symbolische Form eines Lebens erscheint, das hier seinem Ende entgegengeführt worden war? La Nallière war zu einem privilegierten Ort unserer Freundschaft geworden. Ein Ort, an dem wir uns darum bemüht hatten, ein ebenso selbstbestimmtes wie wechselseitig verantwortliches Leben zu führen. Ob Palermo, dessen Name für mich seit der Kindheit phantastisch aufgeladen war, diesem Flecken Land in Frankreichs Westen wohl zur Seite treten würde?

Wie auch immer: Ich werde die Stadt in den kommenden Tagen erkunden und versuchen, die Arbeit an der Erinnerung mit einer Erneuerung eines freundschaftlichen Lebens zu verbinden, in dem ich mich bewege. Von der Reise müde geworden, richte ich mich, noch immer auf den nächsten Flug wartend, in Transitzonen ein. Zwischen den Feinkostgeschäften und den eleganten Boutiquen der Flughafenwelt ermesse ich, in der Schreibkladde blätternd, den Abstand zu den ersten Notizen, die im Dunkel des Sterbezimmers aufgezeichnet worden waren. In den letzten Tagen drifteten die Gedanken häufiger als sonst und schmerzhafter in die Erinnerung an den Gefährten. Doch zu einem neuen Eintrag haben sie sich nicht verdichten lassen. Es ist, als ob sein Gesicht nach und nach ausgelöscht worden sei, denke ich und streife ein weißes Anzughemd über: »*Manifattura artigiana*«, sagt der Verkäufer, bevor er mir über die Schulter streicht und die Manschetten knöpft. Und doch: Auch die späten, ihm scheinbar ferner tretenden Notizen sprechen von G. – verweisen sie doch auf die Manier, in der er den letzten Dingen seines Lebens begegnen wollte. Der feine Stoff, die Knöpfe des Hemds hätten ihm gefallen, und auch mir sind sie Zeichen einer neu angenommenen Haltung. Stets war dem Freund daran gelegen, über sein Leben zu bestimmen. Bis zuletzt. Ihm dabei geholfen zu haben, war das Einzige, was ich hatte tun können, bevor ich daranging, meine Aufzeichnungen als eine Form des Gedenkens zu sichten.

Als Teil dieser Arbeit gilt es nun, eine alte Frage neu zu stellen: Wo bin ich unter den Begehren? Wo stehe ich in dem Verlangen? Sie bildet das Zentrum eines Denkens des Subjekts, das Roland Barthes in *Über mich selbst* als Praxis des freundschaftlichen Lebens entwickelt. An ihm hatten wir uns in den letzten Jahren und bis in den Tod hinein versucht:

»Die Freunde bilden ein Netz untereinander und jeder muss sich darin als *Äußeres/Inneres* erfassen, bei jeder Konversation der Frage der Heterotopie unterworfen: Wo bin ich unter den Begehren? Wo stehe ich in dem Verlangen? Die Frage wird mir durch die Entwicklung von tausend Wechselfällen der Freundschaft gestellt. So wird Tag auf Tag ein brennender Text geschrieben, ein magischer Text, der niemals zu Ende geht, ein funkelndes Bild des befreiten Buches.«[9]

Ich weiß: In Palermo werde ich mich dieser Frage stellen müssen – nicht zum ersten und nicht zum letzten Mal. Doch ich werde sie zum ersten Mal im Zeichen eines Abschieds und der Verwandlung einer vergangenen Gegenwärtigkeit in eine präsente Erinnerung aufrufen. Gegenwärtigkeit, wiederhole ich … Was ist Zuneigung denn anderes als dieses Versprechen der Hinwendung? Es ist eine Form der Apotheose unserer Freundschaft, um die ich mich Wort um Wort, Satz um Satz und Seite um Seite bemühe. Wird diese Erzählung, an der ich seit nun elf Monaten schreibe, nicht nach und nach selbst zu dem Raum der Freundschaft, die zwischen G. und mir Bestand hat, zu einem Raum, in dem sich die Arbeit an der *memoria* mit der Frage nach meiner Position im Begehren verbindet? Wird dieser Text, der als ein Buch des Abschieds dem Buch der Freundschaft antwortet, das Barthes an die Stelle des genealogischen Denkens rückt, nicht selbst zu einem Raum, wie er uns der Garten von La Nallière gewesen war? Das Familienhaus, das wir für einen Moment den Ansprüchen des genealogischen Denkens entreißen und zur Freundschaftssphäre eines selbstbestimmten Lebens gestalten konnten. In der symbolischen Ordnung wird dieser alte Hof unserer gemeinsamen Jahre durch einen schlichten Band ersetzt werden, den ich bald in Händen zu halten hoffe. Was er bezeichnet, wird mir immer deutlicher, nur einen Titel weiß ich ihm noch nicht zu geben.

Selbstbestimmung

Die fortgesetzte Mühe darum, eine wie auch immer relative Selbstbestimmung zu erreichen und zu sichern, ist Grundlage einer modernen *ars moriendi*: einer Sterbekunst, in der sich der Mensch in die Lage versetzt, auch am Ende seines Lebens über dieses zu entscheiden. Ihre zweite Bestimmung ist es, den Tod als Teil dieses ebenso flüchtigen wie machtvollen Lebens zu begreifen und es keiner anderen Instanz unterstellt zu sehen, als dem in der Sterblichkeit an seine Grenze geratenen eigenen Willen. Die Frage nach der Möglichkeit eines selbstbestimmten Sterbens, in dem sich die Geltung einer belastbaren Individualisierung erweist, steht im Zentrum der Auseinandersetzung um das emanzipatorische Versprechen der Moderne. Diesem widerspricht ein Konservatismus, der die Entscheidung über das Leben letztlich nicht in die Hände des sterbenden Menschen selbst gelegt sehen möchte, sondern sie weiter an die Vorstellung eines Schöpfergottes bindet. Diesem, so die Forderung, habe sich jeder auf der letzten Zielgerade seines Daseins zu übergeben, so wie er sich zuvor in eine paternalistische Familie einzufügen hatte, die über die individuellen Ansprüche ihrer Mitglieder triumphiert und in der Generationenfolge eine Dauer verspricht, die bedeutender sei als er selbst. Erbe, Scholle und Himmelreich – so kann man diese konservative Trias knapp fassen, deren Agenten gerade im Angesicht des Todes mit Nachdruck auf die Entmündigung des Menschen zielen.

Doch schon vor dieser Frage nach der Geltung einer mühsam errungenen reflexiven Individualität auch den letzten Dingen des Lebens gegenüber gilt es, Selbstbestimmung gegen die fürsorgliche Belagerung wohlmeinender Ratgeber zu verteidigen. Allzu schnell sieht man das eigene Dasein auf das eines Kranken reduziert, dem abverlangt wird, die Entscheidungen über seine Lebensführung abzugeben – sei es an den medizinischen Komplex, sei es an Menschen, die sich zu einer religiös motivierten Nächstenliebe berufen fühlen. Doch auch eine stützende Begleitung, die auf dem Respekt eines selbstbestimmten Lebens gründet, ist nicht frei von der Gefahr, zu einer Form von Entmündigung zu werden. Ich erinnere mich: Die Füße waren geschwollen und Schuhwerk konnte kaum angelegt werden. Eine Stunde blieb uns, dann wurden wir zu einem Arztgespräch in der Klinik erwartet. In bequemen Schlappen das Haus zu verlassen, kam für G. nicht in Frage. Flipflops? Espadrilles? Jeder Vorschlag wurde entschieden zurückgewiesen. Weiter darauf zu insistieren, wie unsinnig es wäre, sich in enge Halbschuhe zu zwängen, hatte keinen Sinn. »Wir sind nicht am Strand.« Es sind nicht meine Schmerzen. »In einigen Tagen wird es besser gehen, doch heute kannst du kaum laufen.« Zweihundert Meter sind vom Parkplatz zum Sprechzimmer zurückzulegen. Keine große Distanz, doch an diesem Morgen schien sie mir für den Freund unüberwindbar: »Willst du nicht einen Moment warten, bis ich den Rollstuhl geholt habe? Ich bin gleich zurück.« G. hielt mich zurück, als ich aus dem Wagen steigen wollte. »Nein: Es wird schon gehen. Ich möchte es nicht. Ob du mir eben die Schnürsenkel bindest?« Der Gefährte hatte seine Entscheidung getroffen, und ich war in Rage: Nicht etwa, dass die unnötige Strapaze unvernünftig wäre, ließ Ärger in mir aufsteigen, sondern dass die wohlmeinende Hilfe so entschieden zurückgewiesen wurde. Später begriff ich. Nicht darum, ob der Weg schmerzhaft sein würde oder nicht, ging es bei der Entscheidung, auf eigenen Füßen zu stehen, sondern um eine wichtigere Frage: Werde ich als ein Mensch, der mit einem kranken Körper lebt, noch als das Subjekt meines Lebens oder nur noch als Objekt der Sorge wahrgenommen? Und dies bis zu meinem letzten Atemzug.

Schwermut

Die Nachricht des Todes wird, damit die mit ihr einsetzende Schärfe des Leidens ertragen werden kann, nur noch gleichnishaft wirksam. Der konkrete Schmerz ist in den abstrakten Schmerz einer Schwermut überführt, die dem Abschied eigen zu sein scheint. Das Sterben, glaubte Jean zu wissen, hielte also die Aufforderung bereit, das je besondere Leben als ein symbolisches zu sehen. Und es in die Sprache zu bringen. Das Leiden jedoch, das den zu übermannen droht, der in seiner Trauer zurückbleibt, wird verinnerlicht und in eine Schmerzkapsel eingeschlossen. Während die Schwermut des Abschieds zu einer *conditio* des kritisch betrachteten Daseins wird, zu einem Strom, in dem man von Tag zu Tag treibt, bricht diese Kapsel nur von Zeit zu Zeit auf, öffnet und schließt sich wie die Blüte einer Lotosblume. Unfassbares Leid durchströmt, deren Duft gleich, den Körper. Es dringt formlos aus der Tiefe, ist in der Plötzlichkeit seines Auftretens von einschneidender Schärfe. Taumelnd ist man dieser Gewalt ausgesetzt. Doch der innerhalb von Sekunden in Ohnmacht stürzende Geist sucht die erinnerte Nachricht des Todes wieder zu fassen, diesen einzuordnen und einer Abstraktion zu ihrem Recht zu verhelfen, die den Schmerz versachlicht. – In einer Operation des wieder erwachenden Bewusstseins, die diesen so greifbar und als Teil des leidenschaftlichen Lebens spürbar werden lässt.

Unendlichkeit

Es ist wenig gesagt, wenn wir festhalten, dass schreiben bedeutet, sich in einer Kulturtechnik zu üben. Darin, dass er seinem Schmerz im Schrei Ausdruck verleiht, sieht schon Herder in der *Sprachursprungsschrift* den Menschen vom Tier unterschieden. Der Mensch ist Mensch durch die Sprache. Und er ist es, wenn er diese Sprache, seine Fähigkeit, sich zur Sprache zu bringen von seinem Ende her denkt, wenn er den Tod auszusprechen gelernt hat. – Einen Tod, dem er ins Auge sehen und den er zu Wort kommen lassen muss; einen Tod, der nicht das Ende der Sprache ist und auch nicht das Ende der Bilder, auch wenn er selbst als ein Sprechender und als ein Sehender aus dem Vorkommenden austritt. Die Präsenz der Bilder und die Kontinuität der Sprache überdauern ihn und auch die Krisen, die Brüche und Zweifel, die der Bemühung darum, sich in ihnen zu erfassen, verbunden sind. Wird die Fülle des Lebens als Sprache und Bild doch nur vor dem Hintergrund eines existentiellen Bruchs spürbar: dem Austritt des Menschen aus der Unmittelbarkeit des Daseins, in die ihn das Sterben zurückführt. Der Tod ist die Grenze, und er ist zugleich die Erfüllung der Kultur. Von dieser äußersten Linie aus, den Blick entschieden in das Leben gerichtet, kann es gelingen, ein Gespür für das Schöne zu entwickeln. Für eine Schönheit, die in der Spannung von verlorener Unmittelbarkeit und gewonnener Distanz begründet zu sein scheint. Ihr stellt ein Schreibender nach, der den Tod sucht, um die Unendlichkeit der Sprache zu gewinnen: die wenigen kargen Worte einer Sprache, die ihm Lebensform geworden ist. Wie ist diese zu charakterisieren? Verdichtung zeichnet sie aus. Selbstreflexivität geht mit ihr einher: Sie ist ein Kondensat des Lebens und Kritik seiner nicht zu hintergehenden sprachlichen Verfassung. »Ich schreibe: dies ist der erste Grad der Sprache« – so notiert Roland Barthes gelegentlich. »Dann schreibe ich, dass *ich schreibe*: das ist der zweite Grad.«[10] Das Wort, das vom Ende her aufgegriffen wird, ist Teil der Unendlichkeit einer Sprache, die sich als bedeutende selbst problematisch geworden ist: »Ein Gutteil unserer intellektuellen Arbeit besteht darin, dass wir mit Argwohn jedem Ausgesagten entgegentreten und die Staffelung seiner Grade aufdecken; die Aufgliederung ist unendlich, und diesen bei jedem Wort offengelegten Abgrund, diesen Wahnsinn der Sprache nennen wir wissenschaftlich: *Aussageweise* […]. Der zweite Grad« – so setzt er in *Über mich selbst* seine Überlegungen fort – »ist auch eine Art zu leben. Es genügt, den Anschlaghebel von einem Ausdruck, von einem Schauspiel, einem Körper um eine Einrastung zurückzunehmen, um den Geschmack, den wir daran haben konnten, den Sinn, den wir ihm geben konnten, ums Ganze zurückzukehren. […] Sobald sie sich denkt, wird die Sprache korrosiv. Unter einer Bedingung jedoch: dass sie damit *bis ins Unendliche* nicht aufhört.«[11] Und ist diese Brüchigkeit der Sprache nicht die Bedingung dafür, im Angesicht des Todes dem Leben mit Worten gerecht zu werden? Tritt dem korrosiven Wort nicht seine durch Kritik betriebene Öffnung ins Unendliche zur Seite? Wer beim zweiten Grad der Sprache stehenbliebe, mache sich, so Barthes, des Intellektualismus schuldig – und verfehlt, so wäre hinzusetzen, die anthropologische Dimension der Sprache selbst. Vielmehr gelte es, die »Sperrklinke« der Vernunft, der Wissenschaft und der Moral zu lösen und »die Aussageweise zum *Freilauf*« zu bringen. Was ist der Gewinn dieser Anstrengung? Ich eröffne »den Weg eines Entgleitens ohne Ende und vernichte *das gute Gewissen der Sprache*«.[12] Und nur so, scheint mir, kann der Herausforderung der Sprache durch die Ansprüche des Lebens geantwortet werden, durch Ansprüche, denen wir in der Konfrontation mit seiner Endlichkeit ebenso begegnen wie in der Konfrontation mit seinem lustvollen Begehren. Indem die Kritik des Zeichens den Ekstasen der Körper folgt, diesen Verrückungen, die aufbrechen, wenn wir der festgeschriebenen Bedeutung entgleiten, können wir aussprechen, was es heißt sterblich zu sein und der Unendlichkeit nur für den *Augenblick* einer *Ansprache* teilhaftig.

Todeszeichen

Die klinische Leichenschau kennt drei sichere Todeszeichen: *Rigor mortis* – die Leichenstarre. Sie beginnt mit der Kaumuskulatur und entwickelt sich absteigend zu den unteren Gliedmaßen des Körpers fort *Livores* – Totenflecken, die etwa zwanzig bis sechzig Minuten nach dem eingetretenen Tod festgestellt werden können. Die Zellen des Körpers sterben mit unterschiedlicher Geschwindigkeit ab, der Tod ist ein Prozess, keine Zäsur: Sperma etwa, so erzählte mir ein befreundeter Mediziner, bliebe auch dann noch frisch, wenn die Leichenblässe sich schon längst eingestellt hat, der Körper abgekühlt und der Blick starr geworden ist. Ein drittes sicheres Todeszeichen ist erst etwas später zu beobachten: die einsetzende Leichenfäulnis.

Beherrschung

Diese Bestimmungen des Todes kommen mir in den Sinn, während ich die Gänge der *Catacombe dei Cappuccini* durchstreife. Nach immer neuen Aufschüben war ich gestern schließlich doch noch in Palermo eingetroffen. Spät am Abend hatte mich Matteo vom Flughafen abgeholt und in meine Wohnung gebracht. Zwei Räume, mit dem Nötigsten ausgestattet. Ich schob den Tisch an das kleine Fenster und trat auf den Balkon: Er gab den Blick in enge Gassen frei und verband das Wohn- mit dem Schlafzimmer. Die wenigen Bücher in meinem Gepäck waren schnell einsortiert, an die gekalkte Wand neben dem Regal pinnte ich zwei Bilder: Vermeers *Ansicht eines Hauses in Delft* und Luc Tuymans *Dead Skull*. Nun war ich eingerichtet. Matteo hatte weiße Leinenlaken aufgeschlagen, und ich streckte mich, nachdem der Staub des Tages abgespült war, auf dem Bett aus. Nach einer unruhigen Nacht hatte ich mich dann bereits am frühen Morgen auf den Weg in die Kapuzinergruft gemacht. Das Dämmerlicht des anbrechenden Tages war durchsetzt von den Gedanken an das in mein Leben eingebrochene Sterben. Ich fand den Weg und erreichte mein Ziel früher als vermutet. Im Jahr 1599 waren hier bei Bauarbeiten vierzig Trockenmumien entdeckt und als *memento mori* an den Wänden einer neuen Gruft aufgestellt worden. Sie sollte sich über die Jahre zur beliebten Grablege nicht nur für die Brüder des Ordens, sondern für die palermitanische Oberschicht entwickeln. Um die zweitausend Leichen sind noch heute erhalten, so hatte ich in meinem Stadtführer gelesen, während ich darauf wartete, dass sich die kleine Pforte öffnen würde. Wann, fragte ich mit wachsender Ungeduld, sollte ich endlich in das Totenreich hinabsteigen können, in dem ich mich nun verliere? Auf Brettern und an Haken, in allen Ecken und Winkeln ruhen hier die Toten, sorgsam konserviert, doch staubig geworden von der Zeit, die über sie hinweggegangen ist. Nach Geschlecht und Berufsgruppen sind sie geordnet und in die Gewänder ihres Standes gekleidet. So wechsele ich vom Korridor der Ärzte zu dem der Offiziere und weiter zu dem der Künstler. Durch die serielle Struktur der Grablegung, in der die verfallenen Gesichter zu Gruppen geordnet sind, verliert die Last des Todes an Gewicht. – Trauer ist wohl an ein individuelles Schicksal geknüpft. In der Kapuzinergruft begegnen mir die Leichen wie die Bestände eines Museums, das die Abgüsse antiker Statuen versammelt, trete ich den Verstorbenen so gegenüber, wie ich mich auch den stummen Bewohnern eines Wachsfigurenkabinetts zuwenden würde: Mit historischem Interesse, ästhetischer Neugier und Sinn für kuriose Details. Ich beginne, mir das Leben des einen und das Sterben des anderen Menschen auszumalen, nach Anhaltspunkten zu suchen, um sie mit einer individuellen Geschichte versehen zu können. »Auch einen meiner Vorfahren«, hatte Matteo in der Nacht gesagt, »wirst du in der Gruft finden: Ein Kapitän war er, doch mehr ist von ihm nicht überliefert. Als ich Kind war, geriet er zum Held meiner Träume, der Geschichten, die mich von Palermos Hafen aus in die Welt trugen. Und wieder zurück in die Katakomben, die mir bis heute einer der liebsten Orte der Stadt sind. Er war einer der letzten, der Ende des 19. Jahrhunderts noch bei den Kapuzinern seine letzte Ruhe gefunden hatte – in einem Sarg jedoch und nicht in einer Reihe mit den Mumien. Denn zur Schau gestellt wurden die Toten in dieser Zeit nicht mehr.«

Eine anonyme Stimme, die knarzend aus dem Lautsprecher dringt, ruft Touristen zur Ordnung. Sie hatten versucht, mit ihren Handys unbemerkt die Leichen und sich selbst mit diesen zu knipsen. Ob das Photographieren ihnen auch dazu dient, sich den Tod vom Leib zu halten? Die Totenruhe solle doch bitte respektiert werden, höre ich eine scharfe Warnung. Aber, vermute ich, sicherlich auch die Geschäftsinteressen des Postkartenverkäufers. Von Tragik, die so häufig das Verhältnis zu den letzten Dingen bestimmt, ist hier nichts zu spüren. In die kulturgeschichtlich grundierte Endlichkeitserfahrung, die diese

Katakomben ermöglichen, mischt sich vielmehr abgründige Komik. Und das Wissen darum, dass man, wenn schon nicht mehr in Gottes Hand, so doch von einem allwissenden Kameraauge ins Visier genommen wird. Mehr als über das Sterben denke ich bei meinem Gang durch die kontrollierten Gewölbe über das Leben nach. Die Toten ragen in dieses hinein, doch eine Intimität der Begegnung will nicht aufkommen. Mit ihnen ist man vielmehr selbst ausgeliefert. Denn die Macht über das Leben, der sie früher als man selbst erlegen waren, begegnet hier als eine anonyme Macht der Überwachung. Sie ist von einer metaphysischen auf eine technische Instanz übertragen worden, die auf einem kleinen Bildschirm schemenhafte Bilder der Menschen zeigt, die in den Gängen vor den Toten innehalten. Ich bin einer Kontrolle unterworfen, deren erregende Gewalt mit der Zeit zunimmt, in der ich mich durch die Katakomben von Palermo bewege: ausgesetzt, in Angesicht zu Angesicht mit der Hinfälligkeit des eigenen Körpers. Kaum merklich zunächst, dann eruptiv: Die Kraft des Eros durchdringt alle Bereiche, das Leben wie das Sterben, und gibt sich als Ermächtigung ebenso zu erkennen wie als Ohnmacht, als Beherrschung ebenso wie als Auslieferung. »Keine Bilder!«, ruft die Stimme aus dem Lautsprecher, und ich nehme, ertappt wie ein kleines Kind, den Finger vom Auslöser. Sicher, das Leben ist flüchtig, doch es ist auch eine Machtstruktur und der in diese eingelassene Mensch ein Objekt fortgesetzter Prägungen. – An denen er zerbrechen oder wachsen kann. Wir sind im Leben immer auch Ausgelieferte. Und spüren dies umso stärker, je mehr wir an ihm teilhaben.

Ich steige die Stufen wieder nach oben, um mich auf den Weg zum Hafen zu machen. Bevor ich den Kassenbereich verlasse, sehe ich die Monitore, auf denen jeder meiner Schritte zu beobachten war. Der Wächter, dessen Stimme ich mich auf meinen Wegen ausgeliefert gefühlt hatte, lehnt rauchend am Rahmen einer Tür, die in einen kleinen Nebenraum führt. Unsere Blicke hatten sich schon bei meiner Ankunft in der Kapuzinergruft gekreuzt. Hatte er mich nicht mit einem bedeutenden Blick angesprochen? Und auch die Flamme, mit der er, mich zugleich fixierend, eine Zigarette angesteckt hatte, war mir im Gedächtnis geblieben. Er schien auf mich zu warten und gab mir mit den Augen ein Zeichen: Ich solle noch bleiben.

Schmerz

Später als gedacht hatte ich die Kapuzinergruft wieder verlassen. Der Ledergürtel war mir abgenommen worden, nun ist er wieder an seinem Platz. Ich ziehe ihn enger, schließe die Augen und sehe: eine glimmende Glut. In diesem Bild gefangen, verharre ich noch eine Weile auf dem Platz vor der Kirche. Erschöpfung macht sich breit und ich beginne mich zu orientieren, zu benennen, was ich betrachte, zu ordnen, was ich in Worte fasse. Ein Obststand bietet Schutz vor der brennenden Sonne, der Atem wird wieder ruhig, und ich verfolge, aufmerksam unterscheidend, die wechselnden Szenen des Lebens. Die Brust schmerzt. Am Abend, einmal nach Hause zurückgekehrt, sollte ich wohl eine Salbe auftragen.

Welt und Gehäuse

Von der Stadt, in die ich nach über acht Jahren zurückgekehrt war, erwartete ich wenig. Doch gab es hier etwas, das mich ansprach. Nein, es war nicht der Ruf des Südens mit seinem Versprechen vermeintlicher Unmittelbarkeit und einer Vitalität, in die man sich zur Erfrischung gleichsam würde zurückbeugen können. Mit dem klassizistischen Maß eines aufrecht stehenden Menschen war in der Moderne auch dieser Topos abgeräumt worden und Erneuerung nicht zu erwarten. Im Erbe des europäischen Humanismus lag für mich keine Hoffnung mehr. Und auch die Suche nach Spuren des Fortlebens der reichen arabischen Geschichte Palermos lockte mich nicht. Doch ich erinnerte mich an einige Gemälde und Fresken, die ich hier entdeckt hatte, an den frischen und nahezu brutalen Realismus des Südens, wie man ihn auch aus Neapel kennt. Ich wollte den *Trionfo della morte* im *Palazzo Abatellis* wiedersehen. Auch wenn ich nicht wusste, was ich mir davon erhoffte. Hatte ich die kleine Wohnung im Kalsa-Viertel nicht auch gemietet, weil meine Vorstellung von Palermo nur schwach konturiert war, ich wenig von der Geschichte der Stadt und weniger noch von ihrem Alltag wusste? Ich war nicht in sie verstrickt und hatte, von den Fresken aus der Mitte des 15. Jahrhunderts abgesehen, kaum Eindrücke an sie zurückbehalten. Doch nun zerren die Viertel mich mit Gewalt in ihr Leben, überwältigen mich mit ihren Märkten und bringen mich zum

Träumen mit arabisierenden Architekturen und normannischen Palästen, mit Graffiti und byzantinischen Mosaiken, die Abgründe des Lebens und christliche Glaubenslehre ins Bild setzen.

Am Morgen durchstreife ich die Gassen und Plätze der Stadt. Doch am Nachmittag ziehe ich mich hinter die schweren Vorhänge der Wohnung zurück, die mich in allen Grautönen der Welt von der Kraftfülle Palermos abschirmen. In mich selbst eingezogen, ordne ich dann die Spuren der Erinnerung, die mein Schreibheft im Verlauf der letzten Monate gefüllt haben. Ich streiche und ergänze, verwerfe die eine Passage und nehme eine andere wieder auf. Erst in diesem Ringen mit der Sprache, dem Feilen an Worten und Polieren von Sätzen wird der Aufmerksamkeit für Stimmungen ein Sinn abgewonnen. Auf eine unmittelbare Erfahrung beschränkt, blieben diese stumm und verschlossen. Auch die kulturellen Bestände, die in den Raum des Gedenkens gezogen und aktualisiert werden, gewinnen erst durch dieses Ringen mit der Sprache eine Bedeutung, die über eine Pflege des Archivs unserer Tradition hinausweist. Die mühsame Arbeit am Text, an den in seinen Sätzen konstruierten Erinnerungen und Imaginationen verspricht im Abschied festen Halt zu geben, indem sie den, der aus der Welt zu fallen droht, in diese einschreibt. Am Ende des Tages, wenn die Schreibmappe geschlossen und die Karaffe mit Kräutern und Wasser für den nächsten Morgen vorbereitet ist, verlasse ich das Gehäuse und finde mich in der Stadt wieder, die ich durch meine Lektüren hindurch wahrnehme. Sie wird mir Abend für Abend vertrauter.

Ein Blatt

Schnurgerade schneidet der *Corso Vittorio Emanuele* in das Straßengewirr. Vom Hafen kommend erahne ich gemächlich schlendernd die *Porta Nuova* in der Ferne eher, als dass ich sie erkennen würde. 1583 errichtet, erhebt sich das Stadttor noch heute am Ende der Straße und erinnert an einen siegreichen Tunesienfeldzug Karls des Fünften. Dem Meer, über das die Flotte des Kaisers segelte, wende ich den Rücken zu, um mich, diesem monumentalen Eingang nur scheinbar zustrebend, in der Stadt und ihren Erinnerungen zu verlieren. Wenige Meter bevor ich *Quattro Canti* mit seinen barocken Fassaden und Brunnen, mit den Touristen-Kutschen und dem traditionsreichen Herrenausstatter

Pustorino erreiche, biege ich rechts ab. Die prachtvollen Fassaden am Rand des Boulevards weichen einem Mauerwerk des Niedergangs. Noch einige Meter die *Via della Loggia* entlang, und ich finde, was ich suche: ein schweres Papier, das die Zeit überdauert. Was mich hierherführte? Ich wollte das ausgeblichene Blatt aufnehmen und beschreiben, bevor es – wer weiß wann – für immer verschwinden würde. Einst muss es wohl ein A4-Format gewesen sein, heute ist der Abriss am linken Rand kaum vier Finger hoch, sieben am rechten. Drei Buchstaben sind zu erkennen – Fragmente einer Schrift, die ihre Bedeutung nicht mehr preisgibt. Eine schwarze Linie, fett gedruckt, markiert die Horizontale. Wie das ganze staubige Papier wird auch sie nach zwei Dritteln der Strecke in zwei Hälften geteilt: ein grober Riss, der den materialen Charakter des Blatts betont, das vor achtunddreißig Jahren an die heute verriegelte Haustür geschlagen worden war. Rostig ist sie und mit Graffiti überzogen wie die ganze Fassade des nach und nach zur Ruine verfallenen Hauses.

Doch damals, als ein trauernder Mann an einem Tag im März die Treppe herunterging, als er die Tür öffnete, um die gerade vom Drucker eingetroffene Bekanntmachung an ihr anzubringen, hatte sie den Weg in die Zimmerfluchten eines *Palazzo* freigegeben. Daran, dass hier ein Haus in Trauer gewesen war, erinnert die Stadtgesellschaft noch heute dieses Blatt – auch wenn sie kaum mehr von ihm weiß. Die Frau des Alten, mit dem in den kommenden Jahren auch dieses Viertel zugrunde gehen sollte, war eben gestorben. Ein Bild, das ich in der Tasche trage, zeigt Francesca ebenso selbstbewusst wie sinnlich, mit grau melierten Haaren und einem Perlenohrring. Wer kann heute noch sagen, was es bedeutet, nicht nur in Trauer zu sein, sondern diese mit der Gesellschaft zu teilen, in der man lebt? Sie kundzutun. Ich halte inne: Hier also hatte Matteo, mein palermitanischer Freund, im Jahr 1977 seine verehrte Großmutter verloren. Vielleicht weiß von allen, die an diesem Morgen an diesem einst so stolzen Haus vorübergehen, nur ich um diese Liebe und um ihren Tod. – Und kann dieses unbekannten Menschen, während ich den Blick von einem kleinen unscheinbaren Papierfetzen abwende, für den Bruchteil einer Sekunde gedenken. Doch schnell tragen mich meine Schritte und meine Neugier weiter. Ich verliere mich für Stunden – um mich dann, erschöpft, doch vor der *Porta Nuova* wiederzufinden, die mir nun, meinen Umwegen folgend, einen neuen Zugang inmitten der Stadt ermöglicht. Und am Horizont erahne ich das Meer eher, als dass ich es sehen würde. Gleichwohl: Es ist mir gegenwärtig.

Finale

Piú non muggisce, non sussura il mare,
Il mare.

Senza i sogni, incolore campo è il mare,
Il mare.

Fa pietà anche il mare,
Il mare.

Muovono nuvole irriflesse il mare,
Il mare.

A fumi tristi cedé il letto il mare,
Il mare.

Morto è anche, vedi, il mare,
Il mare.

Finale

Nicht mehr brüllt, nicht mehr flüstert das Meer,
Das Meer.

Ohne die Träume, ein unfarben Feld ist das Meer,
Das Meer.

Es macht Erbarmen auch das Meer,
Das Meer.

Es bewegen achtlose Wolken das Meer,
Das Meer.

Traurigem Rauch überläßt sein Bett jetzt das Meer,
Das Meer.

Gestorben ist auch, sieh nur, das Meer,
Das Meer.[13]

Das Unermessliche

Die Sammlung ihrer Übertragungen von Gedichten Giuseppe Ungarettis beschließt Ingeborg Bachmann mit Versen, die *Finale* überschrieben sind. Sie entwerfen eine poetische Miniatur des Meeres in seiner spezifischen Ausdehnung zum Tod. Eröffnet wird das Buch, in dem die dem Autor wichtige zeitliche Abfolge seiner Arbeiten ansonsten respektiert wird, mit einem Gedicht von ebenso verdichtender wie sprengender Kraft. – Bachmanns zuerst 1961 erschienener Band hat so eine Rahmung von programmatischem Gewicht.

Mattina
M'illumino
d'immenso

Morgen
Ich erleuchte mich
Durch Unermeßliches

             Santa Maria La Longa il 26 gennaio 1917[14]

Eine Spannung zwischen dem Innersten und dem Äußersten ist hier auf engsten sprachlichen Raum entfaltet, in der Klangabweichung zweier Wörter. Doch was ist das Unermessliche, dem wir an diesem Morgen des 26. Januar in Santa Maria La Longa begegnen? Ort- und Zeitangabe verweisen nicht nur auf die Szene des Schreibens, in der *Mattina* zu Papier gebracht worden ist, sondern auf die Schlachtfelder des Ersten Weltkriegs, die den Motivationshintergrund von Ungarettis früher Lyrik und einer in dieser zuerst formulierten neuen Sprache bilden. Das Immense ist die Gewalterfahrung des Krieges, mit der wir als Leser konfrontiert, zu der wir aber zugleich auf Distanz gehalten werden. Ist die Kraft des Immensen doch gleichsam durch das lyrische Ich absorbiert, das uns in diesen zwei Versen eher prekär denn strahlend scheinen will. – Als Prototyp eines modernen Menschen, dessen Physiognomie in Ungarettis Dichtung zwischen den beiden von Bachmann gesetzten Polen studiert werden kann. Die Auswahl schließt mit einem Vers, in dem der Leser direkt angesprochen und Unermesslichkeit dem Leben mit einer größeren Genauigkeit zugemessen wird: im Blick auf dessen raumzeitliche Ausdehnung. Zu dieser haben wir uns zu verhalten, etwa durch eine beschwörende Kraft, die der Wiederholung eines Wortes zukommt – eines Wortes, das, Zeile um Zeile aufgerufen, am Ende von *Finale* steht, das ein Gedicht- ebenso wie ein Buch- und ein Lebensende ist.

Morto è anche, vedi, il mare,
Il mare.

Gestorben ist auch, sieh nur, das Meer,
Das Meer.[15]

Das Unermessliche Ungarettis – so will Bachmann wohl durch die im Nachwort der Auswahlausgabe eigens unterstrichene Anordnung ihrer Übertragungen sagen – ist der Tod. Er ist hier deiktisch im Blick auf eine gewaltige Ausdehnung aufgerufen, entfaltet sich im Zwischenraum der ersten Nennung des Meeres und einer zweiten, in der sein kultureller Bedeutungsreichtum sich freier entfalten kann. Der Erleuchtung, die dem Tod in der Eröffnung zugeschrieben wird, antwortet am Schluss des Bandes die Trauer. Und dem Bekenntnis eines singulären Menschen steht der Blick auf ein Weltenende gegenüber.

Skype

Ich erinnere mich: Der Internetanschluss verband G. wie eh und je mit der Außenwelt, brachte Nachricht von Freunden in der Ferne. Kleine SMS-Botschaften zauberten ein Lächeln in das von Tag zu Tag müder werdende Gesicht. Doch zusehends wurde auch dieser virtuelle Lebenskreis enger, waren die zuvor habituellen Gesten, die nötig sind, um die elektronischen Körperextensionen zu nützen, schwieriger zu üben. Den Internet-Explorer zu öffnen, wollte nicht mehr gelingen. Das Leben war in die vier Wände des letzten Zimmers eingezogen und schnitt die ab, die nicht in es eintreten konnten – und unter der gekappten Verbindung litten. Ob sie mit ihrem Onkel nicht per Skype sprechen, sein Gesicht auf dem Bildschirm sehen könne, wenn sie schon nicht seine Nähe spüren würde? – So die Bitte einer Nichte, der es nicht möglich war, den Weg in das Sterbezimmer zu finden.

Doch kann der virtuelle Kontakt, der unser alltägliches Lebensfeld über Kontinente hinweg dehnt, auch in den Stunden des Abschieds die Verbindung herstellen, die es braucht, um sich nah zu sein? Die letzten Dinge fordern Präsenz, deren Gewicht in den kulturellen Praktiken des Umgangs mit ihnen zunimmt. Gegenüber dem Versprechen der Skype-Kommunikation, die Distanzen zu überwinden, scheint die epistolare Kultur an Gewicht zu verlieren. Einen Brief zu schreiben, ist nicht mehr der erste Gedanke, der in den Sinn kommt, um in Verbindung zu treten und seiner Verbundenheit Ausdruck zu geben. – Sicher: Es ist eine Frage des Stils und der Zugehörigkeit zu einer Epoche, zum Stift zu greifen, statt das virtuelle Fenster zur Welt zu öffnen. Die Computerkamera jedenfalls blieb abgeschaltet, und so bekam die Geste des Schreibens in der Trauer ihr Recht. Kann sie doch selbst in der Abwesenheit Präsenz herstellen. Hilft sie doch, sich in Anteilnahme zu versenken.

Während die junge Frau also, so stellte ich mir vor, in der Ferne Seite um Seite mit ihren Gedanken füllte, um Halt zu finden, vermerkte ich auf einer Schreibtafel Morgen für Morgen das Datum und die angekündigten Besuche. Sie nahmen nun den Platz der Untersuchungstermine ein, die in der Palliativ-Medizin seltener werden. Zu wissen, an welchem Tag der Woche wir uns befanden, war G. ebenso wichtig wie die Körperpflege, damit die Gäste mit der gebührenden Aufmerksamkeit begrüßt werden konnten. – Rasur und Ankleiden gerieten zum letzten Ausdruck einer Zuwendung zum anderen, an die mich der Duft dieses Parfums der letzten Tage für immer erinnern wird.

An einem Sonntagnachmittag, nach einem in besonderer Weise berührenden Besuch, war der Freund in ein Wachkoma gerutscht. Sicher, das *Hypnovel* am Tropf trug bereits dazu bei, dass der Schlaf den Lauf der Zeit erleichterte, die mit einem geplagten Körper zu verbringen war. Aber hatte G. nicht auch selbst auf Standby geschaltet? War er dem Medikament, das an den Platz des antiken Gottes *Hypnos* getreten war, nicht mit einer Schlafkur beigesprungen, um die letzten Kräfte zu sparen für Besuch, der sich zur Wochenmitte angekündigt hatte? So wollten wir zumindest glauben.

Selbst wenn die Dosierung des Schlafmittels bei der morgendlichen Visite gesenkt wurde, kam G. nicht mehr zurück. Ob er gleichwohl die Gegenwart der Menschen spürte, die an sein Bett traten, seine Hand zögerlich tastend ergriffen? In Schreibarbeit versunken, harrte ich neben dem schwer atmenden Körper aus, unterbrochen durch Gespräche mit Pflegern und Ärzten, den Freunden oder der Familie und von kurzen Spaziergängen am Flussufer. G. schlief. Er erwachte nur wenige Minuten, bevor der seit Tagen erwartete Besuch eintraf. Sprach- und kraftlos war er, aber von einer uns unvergleichlich erscheinenden Präsenz. Die Blicke versenkten sich, mit verflochtenen Händen begegneten wir uns im engsten Kreis der seinen. Ein letztes Mal. Den Brief seiner Nichte haben wir ihm nicht mehr vorlesen können. Er erreichte das Sterbezimmer zu spät und wurde mir daher als ein Erbe zugedacht. Die Seiten sollten ihren Platz im Sarg finden – auch wenn Tote keine Briefe mehr empfangen können. Das Mailkonto zu öffnen, wollte mir nicht gelingen; der Zugangscode war mit dem Leben des Freundes verlorengegangen. Welche Nachrichten ihm wohl nicht mehr zugestellt worden sind? – Worte der Zuneigung, die bis heute unerwidert im Speicher hängen.

Der Kuss

Es sei, so sagte Jean später, der schönste Kuss gewesen, den er in seinem Leben habe sehen dürfen. Mir bleibt nur die Tönung eines unendlichen Augenblicks auf der Schwelle in Erinnerung und der Zweifel darüber, ob es nicht doch noch zu früh wäre, die Lider zu schließen: diese letzte Geste der Verbundenheit zu üben, die auf einen Kuss folgte, von dem ich wohl hoffte, dass er G. die liebevolle Gelassenheit und tiefe Zuneigung würde spüren lassen, mit der wir gemeinsam den Abbruch des Lebens zu akzeptieren und zu erleichtern suchten. Nein, die Ärzte würden wir nicht mehr herbeirufen. Nichts sollte den Abschied stören. Das Ausbleiben vitaler Funktionen wurde um 16.10 Uhr festgestellt.

Protokoll

Nantes, den 02.12.2013
Brief diktiert am 21.11.2013

Sehr geehrter Herr Kollege,
Herr ▬▬▬▬▬▬ wurde am 31. Oktober in die *Clinique Catherine de Sienne* eingewiesen. Er wurde dort bis zum 20. November 2013, dem Tag seines Todes, stationär behandelt.

Aufnahmeanlass:
Starke Rückenschmerzen wegen eines Prostatakarzinoms, das im Jahr 2008 diagnostiziert worden war.

Anamnese:
Diagnose des Prostatakarzinoms 2008, Hormontherapie und Zometa-Behandlung. Im Jahr 2009 Chemotherapie mit Taxotere, später mit Novantrone und mit Cabazitaxel. Diagnose einer Hirnhautläsion im Oktober 2011, die neurochirurgisch exzidiert und radiotherapeutisch behandelt wurde. Wiederaufnahme der Chemotherapie, die wegen einer chronischen Thrombozytopenie mit schwankenden Werten unterbrochen werden musste. Nach Aufnahme in die Abteilung waren durch Anstrengung verstärkte und trotz Ibuprofen und Durogesic 200 nur schlecht kontrollierte Schmerzen zu beobachten.

Die Untersuchung ergibt diffuse Schmerzen im Bereich der Wirbeldornfortsätze des Rippenthorax. Bewegungen im Bett sind mit starken Schmerzen verbunden. Die neurologische Untersuchung zeigt kein klares sensorisches oder motorisches Defizit, aber die Muskelatrophie bewirkt eine positive Reaktion beim Barrétest der unteren Extremitäten. Ansonsten zeigt die Untersuchung keine weiteren Anomalien.

Herr ▬▬▬▬▬▬▬ wird mit Durogesic 200, Paracetamol, Acupan und Solu-Medrol behandelt. Er beginnt eine Strahlentherapie mit Dr. ▬▬▬▬▬▬▬, um die Schmerzen in der Wirbelsäule und dem dorsolumbalen Übergang zu lindern. Auffällig in der Folge: Verwirrtheitsepisoden und fortschreitender Autonomieverlust. Die Schmerzen wurden medikamentös kontrolliert.

Labordiagnostik:
Thrombozytopenie, Anämie die auf eine Rückenmarksinvasion hindeutet: 27.000 Thrombozyten, Anämie bei 8 g, die durch zwei rote Erythrozytenkonzentrate ausgeglichen wurde. Eine Kernspintomographie der Wirbelsäule wurde am 7. November durchgeführt. Sie zeigte diffuse Knochenschäden, entzündetes Gewebe im oberen Brustbereich, eine Masse im Bereich der rechten Wirbelhälfte, die dessen Spitze, die Foramen und den Intercostalraum infiltriert, sowie eine epidurale Infektion bei T10 und L2, in deren Folge Stenosen im Bereich des Duralsacks auftreten. Doktor ▬▬▬▬▬▬▬ wurde um

eine chirurgische Stellungnahme gebeten. Aufgrund des schlechten klinischen Zustandes des Patienten wurde von einer Operation abgesehen. Auffällig ist am 18. November eine fieberhafte Erkrankung. Eine Blutkultur ergibt keine Anzüchtung von Bakterien. Medikation mit Rocephin. Progressive Verschlechterung des klinischen Zustands mit Verständigungsstörungen und Auftreten eines Wachkomas ab dem 19. November. Am 20. November: Beginn einer Tachypnoe. Der Tod tritt um 16:10 Uhr in Anwesenheit seiner Familie ein.

Ich danke Ihnen für Ihr Vertrauen, mit kollegialen Grüßen,

Dr. ▬▬▬▬▬▬

Fernstellung

Für die Nachtstunden nach dem Tod des Gefährten fand ich mich in einem Hotelzimmer an der Stadtautobahn wieder. An einem transitorischen Ort, wie er unpersönlicher nicht hätte sein können. Eine Containerarchitektur, der ein maritimes Dekor aufgeklebt worden war, das die Zimmer zu Kajüten werden lässt. Passend, dachte ich, für Momente der Bodenlosigkeit. Handlungsreisende steigen hier ab und Menschen, die ein Bett für verschwiegene Liebesstunden suchen. An der Rezeption fragte ich nach einer Zahnbürste. Ob sie wohl helfen würde, sich nicht gänzlich verloren zu fühlen?

Auch wenn der Tod als Riss erfahren wurde, ist der Abschied doch ein Prozess, der die auf einen Punkt zusammengezogene Zeit des Sterbens übersteigt. Er umfasst ebenso die Spanne, in der man sich des nahen Todes bewusst wird, der unmerklich herangetreten war, wie die auf das Schließen der Lider unmittelbar folgenden Stunden und Tage. Im Abschied wurde deutlich, wie sehr unsere Zeitwahrnehmung von der Intensität der Erfahrung abhängt. Die Linearität der vergehenden Zeit brach auf, der Augenblick wurde in seiner Dauer gedehnt. Und auch das in den Weltinnenraum eingelassene Sterbezimmer bekam eine andere Tönung: Es wurde gleichsam erst gebildet durch den Umgang mit den Dingen, die in ihm ein vergangenes Leben erinnerten und den vertrauten Ort der letzten Jahre in das klinische Ambiente zu ziehen suchten.

Durch das Fenster fiel der Blick auf die Stadt, auf den vorbeigleitenden Straßenverkehr und die nach Tages- oder Nachtzeit variierende Beleuchtung der nächsten Gebäude. Doch diese Welt trat nach und nach in die Ferne, und mit ihr verloren auch die Dinge ihre Sicherheit. Ein neuer Wirklichkeitsbezug brach sich Bahn: Die wahrgenommenen Gegenstände blieben gleichsam auf der Retina hängen, drangen nicht in ein distanzierendes Bewusstsein vor. Der Persönlichkeitskern blieb dabei jedoch stabil, von einer Depersonalisation konnte nicht die Rede sein. Ob es wie das Gefühl gewesen sei, unter einer Käseglocke zu sitzen – nur umgekehrt, dass nicht der Zugang zur Welt gläsern versperrt gewesen sei, sondern die Dinge zurückwichen? So sollte ein befreundeter Psychologe später fragen. – Eine Barriere lag zwischen mir und der Welt, auch wenn ich weiterhin, versichert und bestimmt, meinen Fuß in sie setzen konnte.

Schriftzüge

»Gerne«, sagt Matteo, »wäre ich zu eurem Hochzeitsfest nach Frankreich gekommen. Du weißt, Tom, dass mir Rituale viel bedeuten. Erinnerst du dich an unser Gespräch über das, was von den Religionen heute einzig noch Bestand zu haben scheint? Auch als du deinem Gefährten ein letztes Geleit gegeben hast, wäre ich gerne an deiner Seite gewesen: Wie hast du sein Begräbnis erlebt? Ist es nicht sonderbar, dass ich G. nie kennenlernte? Nach all der Zeit. Doch dein Freund ist mir in meinen Träumen begegnet. Seite an Seite. Zuvor hatte ich die Zeilen über eure gemeinsamen Tage in Tunis gelesen, die du deiner Reise nach Sizilien vorausgeschickt hast. Von dort aus hattest du noch geschrieben, dass ihr bald gemeinsam nach Palermo kommen wolltet, um den Botanischen Garten und seine Palmen zu sehen. Ob euch die Lektüre Goethes auf ihn aufmerksam gemacht hat?« Einerlei. – Es sollte anders kommen.

Goethe, denke ich, immer wieder Goethe. Zitierte ich nicht selbst gerne einen Satz, den ich als Jugendlicher aus einem Wagenbach-Bändchen aufgelesen hatte? »Das freie Meer befreit den Geist« – Eine Schlagzeile unerfüllter Hoffnungen. Sie kommt mir gelegentlich wieder in den Sinn, etwa wenn sich mein Blick entlang einer in der Dämmerung verschwindenden Küstenlinie verliert. Doch meine Reise nach Sizilien folgte nicht dem Handbrevier der deutschen Italiensehnsucht. Einige Tage waren vergangen, bevor ich Matteo nach dem kurzen Treffen bei meiner Ankunft wiedersehen sollte. Er wolle mir, so hatte er am Telefon wissen lassen, seine neueren Arbeiten zeigen. So finde ich mich also am späten Nachmittag in einem Atelier unweit des *Cantiere navale* wieder und betrachte seine Bilder. Es war nicht Goethes *Italienische Reise,* die mich mit dem sizilianischen Freund verband. An einer Wand lese ich Verse. Sie waren in schnellen Zügen mit weißer Kreide auf den Putz notiert:

Ein *Siegelring* ist schwer zu zeichnen,
Den höchsten Sinn im engsten Raum;
Doch weißt du hier ein Echtes anzuzeigen,
Gegraben steht das Wort, du denkst es kaum.[16]

Es sind die letzten Zeilen des Gedichts *Segenspfänder* aus Goethes *West-östlichem Divan,* die Matteo sich zum Motto gewählt hatte. War hier nicht im Blick auf die Prägekraft des Siegelrings ein bis heute gültiges Ideal der Künste formuliert? Geht es in einer sprachlichen wie in einer visuellen Ästhetik nicht gerade darum, der Verdichtung und Konzentration, der Durchdringung und Reflexivität auf die Spur zu kommen, die in diese Zeilen gefasst werden? Auch und gerade heute noch. Auch und gerade dann, wenn der Umgang mit den letzten Dingen des Lebens die Motivation der Künste ist, wenn nach dem Potential gefragt wird, das diese für den Umgang mit gewaltsamen Erfahrungen bereithalten: mit der des Todes etwa.

Die Verse, in kritzeliger Schrift notiert, als seien sie einer Zeichnung Twomblys entsprungen, bewegen sich, auch wenn sie konzentriertester Sinn sind, an den Rändern des *logos,* setzen die zeichnende Hand und das erkennende Auge neben die Sprache. Wir stellen uns, lesend, den Ring bildlich vor. Wir imaginieren das Motiv, das er fasst: sei es als Monogramm oder als Allegorie, in den Stein geschnitten, um einem Material mit einer präzisen Geste Bedeutung zu geben. Das Wort ist hier auf ein Bild, der Geist auf Materie verwiesen. Doch ist diese nicht nur schwaches Material, denn auch der Stein des Rings gibt erst dem Wort Gestalt und erlaubt es, dieses in einen Abdruck zu übersetzen. Der Ring wird so zu einem Symbol der Kultur, er verkörpert eine symbolische Ordnung der Welt, in der Bedeutung im Sinnlichen aufgesucht werden kann. Doch nicht nur eine Konzeption von Kultur und eine dieser intrinsische Erkenntnisweise scheinen mir diese Verse zu entwerfen, indem sie den Leser, der

ein Betrachtender und ein Denkender ist, direkt ansprechen, sondern mehr noch – eine Lebenshaltung.

Auf einem Tisch sehe ich einige Aufnahmen, kaum postkartengroß, in denen Matteo eine Reihe von Siegeln studiert hatte: Lindgrün war das Wachs, das einen Briefumschlag verschloss, den man durch Struktur und Format des Papiers an den Rändern der Aufnahme eher erahnen als erkennen konnte. Der Blick des Photographen war fokussiert auf die Materialität des Siegels und des Buchstabens, der in das Wachs eingedrückt worden war. Vierundzwanzig waren es, das Alphabet der Welt trat in einer plastischen Kraft und in den unterschiedlichsten Kombinationen hervor. Es war aus diesen Photographien zu einer Reihe von Worten gefügt, die aus den aufgenommenen Buchstaben gesetzt und immer wieder zu einem neuen Bild arrangiert werden konnten. Aus welchen Schriftzügen würde ich in diesem Spiel der Lettern den Code des Lebens bilden? »Wir teilen die Suche nach Worten und Bildern«, sage ich und wende mich dem mir in diesem Moment so vertrauten Mann zu. Matteo hatte mir einen Arm um die Lenden gelegt und stützte sich mit der anderen Hand auf der Tischplatte ab, über die wir uns beugten. »Und wir teilen auch einen spezifischen Blick auf die Welt, auf den Menschen in ihr: Er tritt mir hier im Sinn für Details und für Nuancen entgegen, in der Aufmerksamkeit für Strukturen und für die Kraft der Dinge.«

Während ich aus den letzten Jahren meines Lebens berichte, bald beiläufig, bald wieder konzentriert die Szenen wählend, an denen ich den Freund teilhaben lassen wollte, blättert dieser ein Portfolio seiner Bilderwelt auf: ein *orbis pictus* des machtvollen Daseins, das sein Zentrum in Palermo findet, in dieser sich mir nur langsam erschließenden Stadt – und in der Sehnsucht, diesen Ort zurückzulassen, zugunsten einer weiteren Welt, in der wir uns begegneten. In der Portraitphotographie gelingt es Matteo, charakteristische Züge hervortreten zu lassen. Zugleich ist sie Teil einer Typologie, beeindruckend gerade durch ihren seriellen Charakter: Einzigartig ist der Mensch, dem ich hier begegne, nicht mehr. Seine Aufnahmen sind physiognomische Studien, Annäherungen an die individuelle Freiheit, die wir suchen, und der gesellschaftlichen Zwänge, an denen wir uns reiben. Doch ist Freiheit nicht ein zu großes Wort? Der Freund scheint meine Gedanken gelesen zu haben. »Ist nicht schon eine Souveränität der Haltung zu erreichen ein hohes Ziel?« Doch am meisten faszinieren mich Aufnahmen von Objekten, von Körpern und Dingen, in denen ein Fetischismus des Daseins inszeniert wird. Auf die Flüchtigkeit des Lebens, die den Menschen auf seine Vorläufigkeit zurückwirft, antworten diese Arbeiten mit einem scharfen Blick auf den anthropologischen Grund der Macht: das Begehren. Sie sind Studien der Unterwerfung. – Nicht zuletzt: unter ein Bild. Blick für Blick, Motiv für Motiv tauche ich in diese Welt ein, in der die Dinge in einer Weise mit der Kraft des Eros aufgeladen sind, wie es, so dachte ich bisher, nur eine aus Leidenschaft entspringende Schrift sein kann. Wie ich selbst ist auch Matteo ein Sammler, und der achtsame Umgang verbindet sich ihm einer Wertschätzung des Besonderen. Seine Bilder sind Kondensate, so wie er selbst sich in seinem Austausch mit anderen Menschen konzentriert und alles in diesem Überflüssige wegnimmt – um im nächsten Moment einer Lust am feinen Aperçu und an der ekstatischen Verrückung freien Lauf zu lassen. Sie oszillieren zwischen einer Askese im Sinnlichen und einer ebenso machtvollen wie verdichtenden Verschwendung. Wäre in dieser Richtung, die mein Denken an den sizilianischen Freund anzeigt, nicht auch das Stilideal einer Sprache zu finden, die dem Abschied gerecht wird? Der Herausforderung, vor die wir durch das Sterben gestellt werden, können wir uns nicht entziehen. Und so werden im Abschied, wie wohl kaum sonst, Beherrschung und Ohnmacht als Teil der Struktur des Lebens einsichtig.

Symbolische Prägnanz

»Du sagst«, unterbricht der mir so vertraute Fremde den abschweifenden Gedankengang, »der Moment, in dem das Leben abbrach, sei ein Moment symbolischer Prägnanz gewesen. Doch das philosophische Konzept, das du aufrufst, ist mir ebenso fremd wie der Gang an die Grenze unseres Daseins. Auch wenn ich mit dir die Erfahrung der Machtstruktur im Zentrum der Lüste teile, die uns letzlich im Moment, in dem wir aus uns heraustreten, auf den Tod verweist.« So herausgefordert, ist es mir im Gespräch mit Matteo zum ersten Mal möglich, über das Sterben zu sprechen, in den Raum zurückzukehren, in dem wir G. verabschiedet hatten. Ich beschrieb ihm, Detail um Detail, das letzte Zimmer, in dem sich die Spannungskraft, die dem ebenso bewussten wie sinnlichen Leben eigen scheint, ein letztes Mal gelöst hatte.

In meiner Anstrengung, den Moment des Abschieds zu begreifen, berichte ich dem Freund, geriet mir eine Notiz Ernst Cassirers in den Sinn: »Unter ›symbolischer Prägnanz‹«, so schreibt dieser an einer Stelle, »soll also die Art verstanden werden, in der ein Wahrnehmungserlebnis, als ›sinnliches Erlebnis‹, zugleich einen bestimmten nicht-anschaulichen ›Sinn‹ in sich faßt und ihn zur unmittelbaren konkreten Darstellung bringt.«[17] Den Abbruch des Lebens zu sehen, tastend zu fragen, ob der Leib des Freundes schon zu seinem Leichnam geworden war, brachte als intelligiblen Sinn das Leben selbst in den Blick, und dies in seiner höchsten Abstraktion und Konkretion zugleich. Beide waren in der Art und Weise verbunden, in der sein Abschied als sinnliches Erlebnis fassbar war: in einem Augenaufschlag, einem leichten Händedruck. Das Leben selbst gewann im Moment der Trennung, im Angesicht des Todes, eine symbolische Prägnanz. »Du wirst fragen: Wie wird diese von Cassirer weiter charakterisiert? Prägnanz, zunächst ein Stilbegriff, wird aus der Sphäre der Literatur in die der Wahrnehmung und der unmittelbaren Darstellung übertragen. Neben die Auszeichnung der Wahrnehmung stellt er die Analyse des Bewusstseins, die nicht ›auf absolute Elemente‹ zurückgeführt werden könne, um eine ihr eigenes spezifisches Wissen zu fassen.[18] Was symbolische Prägnanz sei? Ihre Bedeutung tritt mit der Erinnerung an das Sterbezimmer deutlicher hervor. Sie imprägnierte den Umraum des sterbenden Leibes und fand in Gesten ihren Ausdruck: Sie waren seine unmittelbare konkrete Darstellung im Jenseits der Sprache.« Es war dies ein Raum tiefer Stille, in dem das ermächtigende Wort in der Schwebe gehalten schien, ein Raum, der zu einem Ort der Kommunion, des Zusammenklangs in einer die noch frische Absenz einschließende Präsenz wurde. Er scheint mir im Rückblick von Verdichtung, Angemessenheit und Schlichtheit bestimmt. Doch ein Wort für diesen Zustand bedeutender Sinnlichkeit kann ich nicht finden, ich suche es noch heute. Aber vielleicht geht es ja nicht darum, einen bestimmten Begriff zu setzen, sondern fortgesetzt an der Sprache zu arbeiten, in der wir sprechen, und auf die Bilder zu antworten, denen wir begegnen.

Gehört es nicht zum Wesen dieser neuen Modalität des Weltbezugs, dass sie sich jeder begrifflichen Fassung zunächst entzieht? Und dass sie auch nicht in eine dem Begriff vorgelagerte sinnliche Bedeutung umschlägt, sondern den erkennenden Menschen auffordert, in einem bewussten Nichtwissen zu verharren? Motive aus dem Repertoire der Kulturgeschichte gaben provisorischen

Halt in der Haltlosigkeit des Abschieds: Wir wollten den eintretenden Tod nicht als Riss, sondern als einen Seelenflug denken. Und so seine Schroffheit mildern. Bezüge wie dieser halfen, dessen habhaft zu werden, was als Art des Wahrnehmungserlebnisses ein kaum Fassbares war. Überstieg es doch die Muster, mit denen wir die Welt – und uns in ihr – für gewöhnlich rational ordnen.

Ich erinnere mich: Schließlich, nach einer Zeit, die nicht zu bemessen war, betätigten wir die Notrufklingel und nahmen die Rosen an uns, die G. so geliebt hatte. Es blieb nichts mehr zu tun. Blütenblätter trieben nun auf dem Wasser der Loire dem Meer entgegen. Unser Weg hatte uns, nachdem der Leichnam in die Obhut professioneller Hände gegeben war, an den Fluss geführt. An die Spitze der *Île de Nantes*, einem aufgelassenen Hafengebiet, an dem man das nahe Meer zu spüren glaubt. Eine Ratte im Gesträuch vertrieben wir mit unseren Schritten. Im Wind schwirrten drei Vögel und erhoben sich im frühen Abendlicht. Waren es noch die des kleinen Holzmobiles, das in den Tagen und Stunden zuvor den Himmel des heimischen Gartens in den Raum des Abschieds geholt hatte?

Das Nichts

Auch in Palermo war es unterdessen Abend geworden – seine Schatten nahmen mit denen meiner Erinnerung zu. Sie zog mich in die Dunkelheit zurück, in der wir den toten Freund dem Wasser des Atlantiks übergeben hatten. Und so trat ich ins Freie. Auf der Terrasse des Ateliers drang das Stimmengewirr der mediterranen Welt an mein Ohr, versank ich in ein Leben, das nach der Hitze des Nachmittags in den Gassen und auf den Plätzen nur deshalb aufzubrechen schien, um mich wieder in seine Gegenwart zu holen. »Nun weißt du«, sage ich zu Matteo, »mehr über die Geschichten der Seiten, die ich dir geschickt hatte. Haben wir die Stimmung, die ich als symbolische Prägnanz zu fassen suchte, nicht schon gemeinsam erlebt? In der Verausgabung, in der wir uns erkennen, im Raum der Verschwendung, in dem wir uns stets auf ein Neues begegnen?« Vielleicht haben wir in den letzten Stunden gemeinsam den »dunklen Punkt« berührt, der das Schreiben antreibt. – Der »dunkle Punkt«, so schreibt Maurice Blanchot gelegentlich unter Rückgriff auf den Orpheus-Stoff, ist das Geheimnis der Künste, dem man sich zuwenden, das aber doch verdeckt bleiben muss.[19] Er scheint mir jenem *nulla* verwandt, das Ungaretti, in Erinnerung an seine alexandrinische Kindheit, am Grund der Dichtung ausmacht. Ich nehme ein Stück Kreide zur Hand und notiere neue Verse auf die Fassade des Ateliers. Der Winterregen wird sie abwaschen, auch wenn ein schmaler Dachvorsprung sie schützt: »*Vi arriva il poeta* – Dort kommt der Dichter an«, antwortet die Stimme des Freundes auf meine Schrift, »es sind die Worte mit denen *Il porto sepolto* beginnt.« »Ja«, sage ich: »*Der begrabene Hafen*, ein orphischer Gesang des Abschieds.«

Vi arriva il poeta
e poi torna alla luce con i suoi canti
e li disperde

Di questa poesia
mi resta
quel nulla
d'inesauribile segreto

Dort kommt der Dichter an
und wendet sich dann zum Licht mit seinen Gesängen
und er verstreut sie

Von diesem Gedicht
bleibt mir
jenes Nichts
von unerschöpflichem Geheimnis

                                                           Mariano il 29 giugno 1916[20]

Die Erfahrung des Nichts ist es, die uns aneinander bindet: »Ich bin mir sicher, Matteo, dass wir dieses Geheimnis teilen. Sind wir nicht beide fortwährend auf der Suche nach dem, das Blanchot als ›schwarzen Punkt‹ konzeptualisieren und Ungaretti in seiner Dichtung entfalten konnte?« Wir wenden uns einem Tod zu, in dem das Leben aufscheint, weil wir uns mit einer tiefen Zuneigung für den Menschen in der Fülle des Vorkommenden interessieren. »Ich wünsche mir, dass du durch deine Arbeit mit den Seiten des Buchs verwoben sein wirst,

von dem ich dir heute Abend berichtet habe.« Ich möchte mit ihm nicht nur etwas zu lesen, sondern auch etwas zu sehen geben. Ich möchte mit ihm das Schweigen wahren, das der Rede über existentielle Erfahrungen eigen ist. Noch einmal nehme ich die Kreide zur Hand und ziehe eine Linie unter das Gedicht, eine erste Unterscheidung. Antwortet sie nicht dem Nichts und macht es so erst zugänglich? Wie hier die Gesänge in das Licht, so verstreut Ungaretti in anderen Versen die Liebe in die Welt – dichten ist für ihn, dessen Lyrik aus radikaler Verknappung ihre Kraft gewinnt, ein Verstreuen. Das Nichts, das hier von diesem Gedicht bleibt, ist in *Casa mia* ein Staunen. Es bleibt dem Liebenden in *Mein Haus* als Raum einer Zuwendung, die dem Geheimnis des Nichts so eng verwandt und doch zugleich so radikal von ihm verschieden ist. Sie begegnen sich in einer Heimkehr im Haltlosen, in einer Geborgenheit im Schutzlosen.

Casa mia
Sorpresa
Dopo tanto
d'un amore
Credevo di averlo sparpagliato
per il mondo

Mein Haus
Staunen nach
all der Zeit
über eine Liebe.
Hatte ich sie nicht verstreut
In der Welt?[21]

Ein Haus, sein Haus erreicht der Liebende: Es ist nichts anderes als sein Erstaunen. Und einen begrabenen Hafen erreicht der Dichter, der wenig anderes ist als ein Liebender. Er ist dem ähnlich, was ihm von einem Gedicht verbleibt – dem Nichts.

Lebensprägungen

Das Schaufenster eines Ladens in der Trödlerstraße Palermos: Mit dem üblichen Plunder entdecke ich einige kleine, kaum handtellergroße Formen. Sie sind aus einem weichen, grauen Stein gefertigt, in dem eine ovale Vertiefung herausgeschlagen ist. Dieser ist ein zweiter, weicherer Stein eingefügt, der Spuren der Zeit trägt: Risse und Absplitterungen. Zu was die Formen wohl dienten? Neben vegetabilen Motiven ist in einer von ihnen das Negativbild einer fein gezeichneten Figur zu erkennen. Die Linse der Kamera lässt Gesicht, Gewand und Gesten deutlicher hervortreten: Es ist die Gestalt des *Pantokrators*. Erst gestern war sie mir in der Kathedrale von Monreale begegnet. Ich hatte sie mit Matteo von einer kleinen Nische des hochgelegenen Umgangs aus betrachtet, in der ein winziges Fenster den Blick in Chor und Kirchenschiff freigibt. Wir verloren wir uns, dicht an dicht stehend, in den Mosaiken der Schöpfungsgeschichte, bevor wir auf das Dach hinaus und in das Panorama der *Conca d'Oro* eintraten: Doch die Orangenhaine sind verschwunden, von denen das *Goldene Becken* in arabischer Zeit wohl seinen Namen erhalten hatte.

Heute ist das sich zwischen Meer und Bergen erstreckende Plateau der Stadt von starker Zersiedlung geprägt, bestimmen schnell hochgezogene Wohntürme die Vororte. Sie hatten seit den sechziger Jahren des letzten Jahrhunderts den rasanten Zuzug der Landbevölkerung aufgenommen. »Die Mafia«, sagt Matteo, »hat Palermo zerstört. Hier könnte ein Paradies sein – sieh doch, all die Gärten und Villen zwischen Stadt und *Monte Pellegrino* auf den vergilbten Photographien.« Bild für Bild breiten wir diese Landschaft auf einem kleinen Holztisch vor uns aus. »Du bist nostalgisch« – »nein, nein: zornig, zornig bin ich. Warum hat die Bebauung nicht einem gesellschaftlichen Interesse folgen und die historische Physiognomie der Stadt respektieren können? Es gibt kein Bewusstsein und keine Politik für den öffentlichen Raum.« Wir blättern in Stapeln alter Stiche und Pläne, stöbern weiter in Photographien und Postkarten: In den staubigen Kästen erschließt sich das Bild einer verschwundenen Welt. Während wir in diesem Gedächtnis Palermos versinken, holt der Trödler, ein alter Mann, der über die Jahre mit seinem Laden eins geworden war, die Steinformen aus der Auslage, die meine Aufmerksamkeit zuvor gefesselt hatten.

»Wieder und wieder«, sagt Matteo, »wurden mit ihnen *Mustazzoli* geprägt, ein kleines Ostergebäck.« Und so findet sich auch der Palmzweig unter den

Motiven, deren größtes die Figur des Weltenrichters ist. Der kleine Stein, den er mit seinen Fingern sorgfältig betastet, beeindruckt nicht weniger als das goldglänzende Mosaik im Dom von Monreale. – Nicht jedoch, weil ich so gemahnt würde, dass ein Urteil über das menschliche Dasein einzig Gott zukomme. Dieser Christus tritt zwar in der Ikonographie der Herrschaft vor Augen, ist aber doch zugleich in dem schlichten Objekt aus einer Backstube dem Glanz seiner Allmacht entkleidet. Zunächst ruft die Form das Prinzip des Seriellen ins Gedächtnis. Sie erinnert daran, dass wir, so einzigartig wir uns auch wähnen mögen, doch in gesellschaftliche Strukturen eingefügt sind, die uns bestimmen. Anspruch auf Individualität kann nur in einem fortgesetzten Kampf behauptet werden. Doch ist die kleine Steinform nicht zugleich eine Miniatur der Ermächtigung? Ich erkenne in den Linien letztlich nichts als einen abwesenden Körper und in der Hohlform, die diesen zu sehen gibt, ein Sinnbild der Prägungen, durch die wir im Leben eine charakteristische Gestalt gewinnen. Sicher: Prägung ist eine Variante der Zurichtung. Nur durch fortgesetzte Dezentrierung und selbstreflexive Kritik können wir uns gesellschaftlicher Normierung entziehen, die auf Herrschaftsverhältnissen und Werten gründet, die für unverrückbar gelten. Doch hat Prägung – im Bündnis mit diesen – nicht auch in jeder tiefgreifenden Beziehung statt, die füreinander empfängliche Menschen eingehen mögen? Kann nicht gerade aus dieser der Entwurf eines Menschen erwachsen, der da am individuellsten ist, wo er von sich abzusehen gelernt hat und da am allgemeinsten ist, wo er das Besondere betont? Normativ ist dieses Menschenbild nicht mehr zu beschreiben, und Befreiung ist als ein auf Werten gründendes Bildungsversprechen kaum mehr zu erhoffen. Wohl aber durch Formen einer Prägung, die auf das Leben selbst verweist, auf ein Leben, in dem wir Macht und Ohnmacht, Herrschaft und Unterwerfung in existentieller Weise erfahren: etwa in der Konfrontation mit dem Tod oder mit dem Eros, deren Ansprüche aristokratisch sind. Sie reichen hinter den gesellschaftlichen Gewaltzusammenhang zurück, der uns einschließt. Nur im Durchgang durch die Gewaltstruktur des ebenso zeugenden wie verwesenden Lebens selbst und durch deren Anerkenntnis können wir nach einer stets prekären Freiheit streben. – Und diese, wie beschränkt auch immer, im sozialen Austausch entfalten. Der Weltenrichter tritt mir nicht mehr vor Augen und auch nicht die Forderung, sich seinem Urteil zu unterwerfen. In meiner Vorstellung rückt an die Stelle der *Mustazzoli* vielmehr die Physiognomie eines geprägten und zugleich prägenden Menschen. Dieser gewinnt Persönlichkeit durch minimale Abweichungen, mit den charakteristischen Zügen seines Bildes. Dadurch, dass er sich zu einer befreienden Zuwendung entschließt und sich für Lebensprägungen offen zeigt. Ist die Hohlform des *Pantokrators* nicht zur Allegorie eines negativen Humanismus nach dem Tod des Menschen geworden? Und der fein gearbeitete Stein aus der *Mustazzoli*-Bäckerei zu einem Fetisch, in dem mir Schmerz ebenso begegnet wie Begehren – die Kraft, die mit diesen aus dem Leben selbst erwächst. Ist diese Kraft nicht der »dunkle Punkt« und das strahlende Geheimnis der Künste? Das Ungeheuerliche, hier war es *en miniature* zu greifen. »Schließe deine Augen«, sagt Matteo und fasst meinen Unterarm. Ich spüre, wie er einen kleinen Gegenstand auf die Handfläche legt, die Finger zu einer Faust führt. Wir halten inne. Ich öffne die Augen, ich öffne die Hand und ich sehe: die kleine Steinform eines Palmblattes und mein Erstaunen.

Triumph des Todes

Palermo, im Oktober 2014

Lieber Jean,

habe Dank für Deinen Brief. Du fragst: Was führt mich jetzt, nachdem ich den Sommer zurückgezogen in La Nallière verbracht hatte, ausgerechnet nach Palermo? Es war wohl der Wunsch, aufzubrechen, mich dem Unbekannten auszusetzen. Und es war der Wunsch, die vage Erinnerung an ein Bild aufzufrischen, seine eigentümliche Aktualität besser zu begreifen. Ob ich Dir gelegentlich von den Fresken des *Trionfo della morte* berichtet habe? Von einer Entdeckung, die nun einige Jahre zurückliegt …

… mit dem *Triumph des Todes* verbindet mich eine merkwürdige Geschichte. Es ist die Geschichte einer Begegnung. Mit einer Stadt und mit einem Menschen. Du erinnerst dich, dass ich vor Jahren schon einmal nach Sizilien gekommen war, um den Tempel von Segesta zu sehen, auf den mich die Prosa Eugen Winklers neugierig gemacht hatte. In *Gedenken an Trinakria* konnte dieser Tempel noch als ein Modell des gemessenen und auf das Göttliche bezogenen Menschen beschrieben werden, auch wenn der moderne Bruch mit dem humanistischen Erbe in seiner Betrachtung stets gegenwärtig ist. Sie ist das Dokument einer Bewusstseinskrise, in der das Verhältnis von Geist und Leben neu bestimmt wird. Du wirst dich erinnern, dass ich während dieser Reise in Palermo auf einen mir unbekannten, aber zugleich eigentümlich vertrauten Mann gestoßen war. Matteo schickte mich damals, noch bevor wir mehr gesprochen hätten als nötig, in ein Museum: Ich solle, so seine Aufforderung, zunächst dreißig Minuten vor dem *Triumph des Todes* verharren. Die um 1450 entstandenen Fresken waren nahezu das Erste, was ich von Sizilien zu sehen bekam und die erste Berührung zwischen uns. Eine Kunsterfahrung, die unsere Freundschaft begründete. Bis heute frage ich mich, ob Matteo diese Spielregel unserer ersten Begegnung aus Wenders' *Palermo Shooting* entlehnt hatte, aus einem Film, der dem Mythos der Stadt neue Sequenzen hinzufügt. Nach Palermo zurückgekehrt, folge ich wieder dieser Regel. Sicher, ich trete nun mit mehr Wissen vor die Fresken im *Palazzo Abatellis*, denen ich als Teil eines Rituals das erste Mal begegnet war. Ich möchte es heute, unter gänzlich anderen Umständen wiederholen: Die Wiederholung, hatte ich gelernt, gibt dem Leben eine spezifische Kraft.

Zum Schutz vor der Bombardierung Palermos durch die amerikanische Airforce am Ende des Zweiten Weltkriegs mussten diese Fresken im Palazzo Sclafani abgenommen werden, wo sie zuvor an die Endlichkeit des irdischen Daseins gemahnt und aufgefordert hatten, ein gottgefälliges Leben zu führen. Sicher, ihre Moral ist uns nicht mehr die zentrale Bildaussage: Die Gruppe der Frommen am linken Bildrand, die dem Wüten des reitenden Todes entkommen ist, tritt aus dem Zentrum der Aufmerksamkeit – nicht Heil ist es, das wir erhoffen, sondern ein Leben, das mit der machtvollen Endlichkeit des Daseins zu rechnen gelernt hat. Zu retten sind wir nicht, aber gerade aus dieser Anerkenntnis können wir Reichtum schöpfen. Nicht mehr in einem Hospiz, sondern in einer Gemäldegalerie begegnen wir dem *Triumph des Todes* heute, und die Stoßrichtung unserer Betrachtung ist nicht mehr die Frage nach jenseitigem Seelenheil, sondern die nach der Fülle unserer Gegenwart. Transzendenz und Genealogie, denke ich, werden den letzten Dingen des modernen Menschen nicht mehr gerecht. Wohl aber eine realistische Haltung dem Dasein und der Grenze gegenüber, an der das Leben abbricht. Und die Frage nach ihrer Darstellung. Das Motiv ist mir aus älteren Arbeiten in Florenz und Pisa bekannt – Du erinnerst dich an unsere Gänge über den *Camposanto*, als wir gemeinsam mit G. durch die Toskana reisten? Doch noch nie war mir der Tod im Leben so nachdrücklich vor Augen getreten wie hier. Wie heute. Die Drohung des gewaltsam und kraftvoll in das Leben einbrechenden Todes ist nicht weniger aktuell und verstörend als im 15. Jahrhundert: Seine Allegorie ist ein Reiter, der eine Gesellschaft höfischen Lebens sprengt. Knochen, Fleisch und Haut in Fetzen. Das Pferd im Zentrum der Szene ist kraftvoll und ruft, befremdlich genug, Assoziationen zur Formsprache des Futurismus hervor. Das Skelett auf seinem Rücken, wie dieses in Grau- und Schwarztönen gehalten, trägt die Sense am Gürtel und einen gespannten Bogen in der Hand. Verschossene Pfeile stecken mit eleganter Präzision in den Körpern der Toten, erzeugen in ihrer Ordnung eine zusätzliche Bilddynamik. – Eine Spur des Todes. Die Struktur, die zwischen den feinen Pfeilen aufgespannt wird, setzt diesen in einer anderen als einer allegorischen Weise ins Bild, legt den Tod gleichsam über das Leben. Während der Körper des Pferdes – der wehende Schweif unterstreicht die Dynamik des Sprungs – einen Berg ineinander verschlungener Leichen überragt, deren Hautfarbe den schon begonnenen Prozess der Verwesung andeutet, tritt dem Betrachter am rechten Bildrand die Fülle des irdischen Daseins entgegen. Ihm ist eine Patina verblasster und doch eigentümlich strahlender Farben eigen. Um einen Lebensbrunnen gruppiert, dessen Wasser einen als Hintergrund der Szene dienenden Garten bewässert, begegnen wir einer höfischen Gesellschaft, ihren Freuden und Abgründen, und fragen: Ist die unsere von ihr wirklich grundlegend verschieden?

Sicher: Wir wissen um die historische Konstruktion des Menschen – seiner Gefühle und Körperbilder. Stabiler als diese scheinen die Formen und symbolischen Praktiken, in denen er sich entfaltet, in denen er wie hier stets aufs Neue ein Bild von sich entwirft. Mein Blick folgt zunächst den Kanten der vier Bildteile, in die das Fresko einmal zerlegt worden war, um es in Transportkisten zu packen. Zwei scharfe Linien, präsent, doch kaum merklich in der Übermacht der Motivfülle, gliedern die am neuen Ort wieder zusammengesetzte Bildfläche. Sie überlagern diese mit einer zweiten Ordnung des Blicks, die nicht in der Bilderzählung angelegt ist. Die Linien kreuzen sich an einem Punkt, im Bedeutungszentrum der Bildmitte: der Allegorie des Todesreiters. Wahrnehmungsebenen und Zeitschichten des *Trionfo della morte* fallen in ihm zusammen. Es ist ein Punkt von unumgänglicher Gewaltsamkeit und Präsenz. Die Fresken zeigen uns eine ferne Welt. Doch die Figuren, denen wir auf den wieder zu einem Bild zusammengesetzten Stücken begegnen, sind auch ein

Spiegel, der uns die existentiellen Fragen unserer Zeit vor Augen führt – in einem von Carlo Scarpa 1954 entworfenen minimalistischen Rahmen: Der von einer weißen Kuppel überwölbte Raum liefert dem *Triumph des Todes* einen ebenso schlichten wie atemberaubenden Kontext, gibt der Monumentalität des Bildes gleichermaßen Raum wie unserer Konzentration auf die kleinen Details und bedeutenden Dinge des auf seiner Fläche entfalteten Lebens: eine Falkenjagd im Bildhintergrund, Musikspiel und Gelehrsamkeit, Verrat und Leichtigkeit des Daseins, zur Schau gestellter Reichtum; von Hunden gezerrt, ergreift eine Gestalt die Flucht – vergeblich. Diese Welt ist vom Tod geschlagen. Ein junger Mann fesselt meine Aufmerksamkeit, eben erst scheint er von einem Pfeil durchbohrt worden zu sein, ein Freund hält ihm sachte die Hand, während sein reich gekleideter Körper dahingleitet. – Eine Geste der sorgenden Zuwendung. Ist den beiden nicht eine besondere Sinnlichkeit eigen? Ihre Züge sind nicht vom Schmerz verzerrt, das Leiden an einem Verlust oder die Aussicht auf das eigene Ende sind mit einer gewissen Contenance wohl am besten bezeichnet.

Eine ganze Weile schon waren die Minuten verstrichen, die vor den Fresken zu verbringen Matteo mir damals wie heute aufgetragen hatte. Das markante Gesicht des Freundes und Gesten von bestimmender Kraft überlagern sich mit den Bildern eines ebenso lebensgesättigten wie feingesponnenen Eros, der diesem Triumph des Todes eigen ist. Sind die Fresken nicht auch ein Triumph abgründiger Lust, die in der Berührung mit den letzten Dingen aufbricht? Die Bilder meiner Wahrnehmung verbinden sich mit denen der Einbildungskraft und der Erinnerung. Ich sehe: einen Körper, ruhig und gelassen und einen Körper im Schmerz, sich windend und in Lust. Und ich sehe einen Körper, den die Kräfte verlassen, der sich auf mich stützt, wie ich mich, halt suchend, über den Körper des Menschen beuge, der eben in meinen Armen aus dem Leben geht. Und ich spüre Ohnmacht und Macht in einem Wechselspiel, das an die Stelle der Stärke getreten war, mit der ich dem schwächer und schwächer werdenden Freund zur Seite zu stehen hoffte. Und ich folge der Weite und Offenheit einer Welt, die zu erfahren es wohl die Versenkung in den engsten Raum des Daseins braucht. Einen Weltenwinkel, der wohl nur ein Sterbezimmer sein kann – oder ein Raum der Lüste und des in der Überschreitung vibrierenden Lebens. Und ich verstehe, weshalb mich Matteo, dieser mir so unbekannte wie vertraute Mann, vor dieses Bild geschickt hatte, als wir uns zum ersten Mal begegnet waren. War es nicht, um mich mit einer in unserer Fremdheit geteilten Erfahrung zu konfrontieren? Dem Wissen darum, dass Schmerz wie Lust, Leben wie Tod sich am extremen Punkt ihrer Erfahrung berühren und in eins fallen?

Mein über die Fresken gleitender Blick bleibt an einer Frauengestalt hängen, die dem Betrachter direkt zugewandt ist: Eine opulente Kette schmückt auch heute noch das Dekolletee, doch eine Schulter fehlt. Ihr Körper ist fragmentiert, ebenso das detailliert dargestellte Gewand und der Gürtel. Die Hände stehen isoliert auf der Bildfläche, das Fehlen der Arme unterstreicht noch ihre öffnende, entwaffnende Geste, die wir als eine der Hilflosigkeit lesen mögen. Doch nicht in solchen Spuren der Zeit besteht die Gegenwärtigkeit des Bildes. Ihre eigentümliche Präsenz gewinnen die Fresken aus der Meditation des Verlusts, die sie vor Augen stellen, um uns zu ihr einzuladen. Aus einer Nostalgie, die aus der Spannung zwischen dem Versenken in einen Realismus des Daseins und dem Bewusstsein der Endlichkeit des Lebens entspringt. Gerade als fragmentierte wird diese Frauengestalt zu einer Allegorie der Endlichkeit des Menschen, zu einer Figur der *vanitas*, als die sie keineswegs gedacht war. Die Aufmerksamkeit für reiche Ornamente, die den hohen Stand der Menschen zeigen, die hier ihrem Tod entgegengehen, steht in eigentümlicher Spannung zur kalten Präzision, mit der das Sterben vor Augen gestellt wird. Doch der Realismus des Gemäldes besteht nicht in der Genauigkeit der Gewänder und Gesten, der Körper und der Pfeile, die in diesen stecken. Er ist vielmehr im Blick begründet, zu dem die Fresken uns anhalten und darin, dass diese uns mit der Endlichkeit konfrontieren und einladen, den Bezug zur Welt vom Tod her zu denken. Nur so scheinen wir des Lebens habhaft zu werden.

Ich breche meinen Brief an dieser Stelle ab, doch nicht ohne zu fragen: Welche Bilder, welche Text und Erfahrungen treiben Dich um? Wie würdest Du den Glutkern Deiner Arbeit beschreiben?

Je t'embrasse, Tom

P.S.: Hat Dich denn die Einladung zu unserer kleinen Feier in La Nallière erreicht, bei der wir uns an unseren gemeinsamen Freund erinnern wollen? Ich hoffe, du kannst an diesem Tag bei uns sein.

Ein Tanz

Ich erinnere mich: Sie hätte mich ausgelassen tanzen sehen, sagte eine Freundin – es ginge mir wohl gut. Unkommentiert blieb ihr Urteil im Raum stehen. Tanzt man nicht auch, um seinem Schmerz einen Ausdruck zu geben, um der Leere zu begegnen, die es in eine ausgehaltene Offenheit zu verwandeln gilt? Während die Erinnerung an den, der fehlt, in Gedanken gefasst und mit Worten belegt wird, ist der Riss, den der Abschied öffnet, viszeral: Man leidet an ihm mit jeder Faser des Körpers. Körperlich – im Wechselspiel von Exzess und Kontrolle antwortet man auch auf die Wunde, die der Tod geschlagen hat. In Momenten höchster Zugehörigkeit zur Sphäre des Lebendigen, in denen ein Gedanke verkörpert wird, in Augenblicken, die wortlos und doch unvergleichlich sprachmächtig sind, können Glück und Trauer in einem erfahren werden. Und auch Lust und Schmerz. Starke Emotionen, machtvolle Empfindungen überlagern sich bisweilen, widersprechen und steigern sich gegenseitig. Die Leere, die ich spürte, als ich tanzend, ganz bei mir, mich verlor, schlug um in eine Erfahrung der Fülle. »Ja«, hörte ich mich sagen: »Es geht gut« – und wandte mich von der Freundin ab. Schulter rieb sich an Schulter, ich hatte den Kopf in den Nacken gelegt und trieb, die geschlossenen Augen weit geöffnet, im Taktschlag der Musik einem anderen Morgen entgegen.

Flüchtigkeit

Im Sterben ist nicht nur die dem Menschen eigene bipolare Spannung von Körper und Geist in besonderer Weise einsichtig: Mit ihm tritt auch der ephemere Charakter unserer Existenz hervor. Rückt man im Zeichen der Krankheit näher an die Erfahrung des Lebendigen heran, so wird zugleich deutlich, dass dieses keine Ordnung der Dauer ist. Wird Natur vielfach als Emblem der Beständigkeit aufgerufen, ist unser Dasein, soweit es in ihr beschlossen ist, doch davon gezeichnet, dass es keinen Bestand hat. Nicht eine Stimmung oder eine Atmosphäre, Heimwege im Abendlicht etwa, sind flüchtig: Das Leben selbst ist es. – Und mit ihm der Mensch. So stellt sich der ästhetischen Anthropologie die Frage, wie auf Qualitäten des Flüchtigen – die der Erfahrung des Nichts und der Leere, dem Gefühl der Ohnmacht und der Bewusstlosigkeit zugehörig sind – mit angemessenen Ordnungsmustern reagiert werden kann. Wie kann der Erfahrung des Ephemeren angemessen Ausdruck gegeben werden? Scheint sich diese der Beschreibung doch fortgesetzt zu entziehen und durch eine begriffliche Vernunft ebenso wenig zu fassen zu sein, wie in der linearen Zeit der Geschichte oder in einer Vorstellung, die Raum als stabile und gegebene Ordnung voraussetzt: Im Ephemeren fallen Ewigkeit und Augenblick in eins, in eine Tiefe der Zeit. Im Ephemeren ist Raum konstitutiv an den Körper des Menschen und seine Wahrnehmung gebunden, ist die Welt kein statischer Ort, sondern ein Bewegungsraum. – Im Moment der Ekstase, des aus sich Heraustretens, sei es im sexuellen Orgasmus, sei es im finalen Exitus, kann die Erfahrung der Flüchtigkeit unserer Passage im Leben in besonderer Weise gemacht werden. Wie ist ihr kulturell zu begegnen? – Und damit auch dieser einen, je besonderen und individuellen Existenz? Sollte es nicht, wie es eine Liebeskunst gibt, eine erneuerte Kunst des Sterbens geben? Verflacht die erste vielfach zu einer Spielart von Pornographie, bleibt die *ars moriendi* ein fundamentales Defizit der Moderne. Flüchtigkeit wurde als Grundsignatur von Modernität zuerst von Charles Baudelaire in *Le Peintre de la vie moderne* beschrieben:

»Die Modernität ist das Vergängliche, das Flüchtige, das Zufällige, die eine Hälfte der Kunst, deren andere Hälfte das Ewige und Unwandelbare ist. [...] Keiner hat das Recht, dieses vergängliche, flüchtige Element, das einem so häufigen Wandel unterliegt, zu verachten oder beiseite zu schieben. Wenn man es unterschlägt, verfällt man unweigerlich der Leerheit einer nichtssagenden, abstrakten Schönheit, ähnlich jener des ersten Weibes vor der Erbsünde.«[22]

Diese Auszeichnung des Flüchtigen wird in *Der Maler des modernen Lebens* mit zwei weiteren Dimensionen verbunden: der Absage an Schönheit als Kunstideal und der Korrelation von Körper und Geist. Damit die von ihm beschriebene Modernität seiner Epoche würdig sei, antikisch zu werden, müsse man ihr jeden Rest an Schönheit extrahieren, die das menschliche Leben ihr unbewusst zufüge. Und es gelte, etwa in der Darstellung einer Kurtisane, die nicht mehr nach dem inspirierenden Muster eines Tizian oder Raffael zu bilden sei, der spirituellen Dimension des Menschen gerecht zu werden:

»Die stete Wechselbeziehung zwischen dem, was man *Seele*, und dem, was man *Körper* nennt, erklärt zur Genüge, wie alles Materielle oder jeder Ausfluß des Geistigen stets das Geistige vertritt, von dem es herstammt.«[23]

Ausdruck und Grimassen, Haltung und Vitalität einer Hure – die ihr eigene Geistigkeit – finden ihr Vorbild nicht länger in den Meisterwerken der Renaissance, die wir bei unserem Besuch in Rom aufgesucht hatten. Die Einbildungskraft des Malers muss sich vielmehr dem Körper in seiner Wirklichkeit zuwenden und mit ihm der Flüchtigkeit des modernen Lebens. – Sei es dem Körper der Kurtisane, sei es dem Körper des sterbenden Menschen, dem Baudelaires Aufmerksamkeit nicht hier, sondern an anderer Stelle gilt: in den Versen der *Fleurs du mal*.

Neben der von Baudelaire diskutierten Malerei und dem Tanz, der als die flüchtigste der Künste gilt, bleibt die Literatur ein herausragendes Medium, um dem Ephemeren in der Sphäre der Kultur einen fortgesetzten Ausdruck zu geben – gerade wenn es da aufgesucht wird, wo das Leben abbricht. Warum dies? Mit der Endlichkeit der Existenz und der Flüchtigkeit des Daseins tritt in diesem Moment dessen grundlegend sprachliche Verfasstheit hervor. Und dies gerade weil die Sprache nicht mehr hinreicht, die Erfahrung des Abschieds zu fassen. – Und der Mensch an die Ränder des *logos* geführt wird. Die Gewalt des Sterbens ist auch die Forderung nach einer anderen Sprache, nach einer Sprache, in die die Erfahrung eingeht, dass der Mensch angesichts seiner Endlichkeit verstummt, gestischer Ausdruck und Bildlichkeit an Gewicht gewinnen. In der Ekstase des Abschieds wird das klare Bewusstsein abgeschwächt, wird das Wissen um den Menschen unmittelbar in anderen Verlaufsformen gefasst als in einer zeichenhaften Ordnung.

Doch in der darauf folgenden Bemühung, der sprachlosen Erfahrung des Abschieds Dauer zu geben, den Schmerz, der mit ihr einhergeht, auszuhalten und ihn, nach dem existentiellen Verstummen, mit Worten zu belegen, erscheint Sprache, als symbolische Form und als solche, neben der Sexualität als eine der zwei Grundkräfte des menschlichen Daseins. Vor diesem Hintergrund ist Literatur nicht nur ein Zeichensystem, sondern eine Verlaufsform des Lebens selbst. Eine Sterbekunst, die auf einen gelingenden Umgang mit den letzten Dingen des modernen Lebens zielt, hat beides zu berücksichtigen: Körper wie Geist des Menschen und die Medien, in denen sie sich aussprechen.

FINGERSPIEL

Das Bild taucht plötzlich auf: an einem für die Arbeit des Eigendenkens wenig zuträglichen Ort. Geht es in einer Männersauna doch um den erotischen Reiz der Blicke, um den sexuellen Kick des Augenblicks und um die Entspannung der ermatteten Glieder zwischen Hamam-Dampf und Whirlpool – ideale Umstände also, um der Trauer für einige Stunden zu entfliehen. Zwei Hände die sich verflechten und suchen, die voreinander fliehen, nur um auf ein Neues sich zu spüren. Finger eines Menschen, die auf der Handfläche des anderen einen Tanz aufführen, zum Taktschlag der Musik in der Trockensauna. Das Spiel geht über Minuten und verbindet die regungslos ausgestreckten Körper der Freunde, der Liebenden, der Wegbegleiter einiger Stunden – wer weiß es zu sagen. Die Geste der Zuneigung, die ich mit halb geöffneten Augen beobachte, ist von einer großen Vertrautheit. Sie muss sich nicht um die Blicke anderer scheren, so sehr sind diese beiden für sich, inmitten der Jagd nach der schnellen Lust. Und doch scheint mir mein Blick, den ich nicht abwenden kann, indiskret, ein Voyeurismus der Intimität – merkwürdig fremd an diesem Ort der mehr oder minder verstohlenen Blicke.

Ich schließe also die Augen und sehe: meine Hand, die durch die Luft fährt und die Kontur einer Wange nachzieht – im Leeren das Gesicht sucht, das sie nicht mehr wird berühren können. Es ist die Geste des Abschieds am Sterbebett, mit der die Finger den Freund freigaben – und die wiederholt wurde im Moment des größten Schmerzes, in dem ein stummer Schrei im Innersten mich zu zerreißen schien und liebevolle Gelassenheit der Verzweiflung wich: über einen Verlust, der für immer an diese ins Leere greifende Hand gebunden sein wird, eine Hand, die Augenlider, Wangenknochen und Kinn nicht mehr spüren kann. Wo Sprache nicht hinreicht, kommt die Kraft der Geste zur Geltung, brennt sich in ein Gedächtnisbild ein, das über den unvermeidlichen Abschied hinaus kräftig und klar bleiben soll, auch dann, wenn die Erinnerung verlorengeht.

Als ich die Augen öffne, ist es verschwunden, wie auch die beiden Männer, deren Fingerspiel mich so berührte. Ich lege mir das Handtuch um die Lenden und ziehe, allein mit meinen Gedanken, Kreise in der Dunkelheit.

Ist dies also alles?

In Baudelaires *Fleurs du mal* – einer Gedichtsammlung, die schnell zu einem Gründungsdokument der literarischen Moderne avancierte – ist der Tod ein Motiv von besonderer Prominenz. – Und er wird alles andere als elegisch behandelt. Der Umgang mit ihm ist in den *Blumen des Bösen* eine der Quellen der Erneuerung der Dichtung, in der die Erfahrung des Abschieds den Weltbezug des Menschen nach dem Verlust der Transzendenz neu einrichtet. *Le rêve d'un curieux* gibt den Tonschlag vor: Die Verse entwerfen einen Sterbe-Traum, in dem sich Begehren und Schrecken mischen, in dem der Austritt aus der Welt in einer Theatermetapher gefasst wird. Im Traum sieht der Schlafende sich gleich einem Kind den Vorhang anstarren, der als ein Hindernis dem Blick verbirgt, was dieser zu erhaschen hofft. – Es ist dem Erwachsenen hier nicht weniger als die Wahrheit, eine *verité froide*. Die letzten Verse legen diese kalte Wahrheit offen:

> Ich war gestorben ohne zu erstaunen, und gräßlich umleuchtete mich rings das Morgenrot. – Wie? ist das alles? Der Vorhang war aufgegangen, und ich harrte immer noch.[24]

Das war es also. Kein metaphysischer Trost ist hier zu haben, und auch von Trauerpathos keine Spur. Leichte Lakonie tritt in der *Traum eines Neugierigen* an dessen Stelle. Der Umgang mit den letzten Dingen ist hier als ein Gerippe gebildet, alles Überflüssige fortgenommen. So auch die Trauer um eine Geliebte, die den Dichtern – in der Nachfolge des Orpheus oder Dantes – Anlass ihrer Spracharbeit wurde. Der Tod wird als ein fortgesetztes Warten vorgestellt, er gibt nichts mehr zu sehen. Ist der letzte Bühnenvorhang gehoben, fällt kein Blick mehr in die Unterwelt oder in himmlische Paradiese, wie sie die literarische Tradition der Totendichtung bereithält.

Baudelaire verweist stattdessen im *La mort* überschriebenen Teil der *Fleurs du mal* auf drei Weisen des Sterbens: Dem Tod der Künstler, der Liebenden und der Armen ist je ein Gedicht gewidmet. Er schließt die Sammlung der *Blumen des Bösen* mit einem großen Weltgedicht: *Le voyage*. Diese Reise erinnert wie der Sterbetraum des Neugierigen zunächst die Kindheit des Menschen, um mit einer Anrufung des Todes zu enden, der diesem Abschnitt der *Blumen des Bösen* die Überschrift gibt. Ist hier die Welt eine Bühne, ist sie dort ein

Reiseraum, wird der Bühnenvorhang durch den Horizont ersetzt. *Die Reise* stellt die Frage nach dem Weltbild, in der doppelten Bedeutung des Wortes. Und es ist zugleich die Frage nach dem Blick, der jedoch nur innerhalb der Welt etwas zu sehen gibt und mit der Aufforderung, das Gesehene auszusprechen, verbunden ist. Es gilt, zu einer Beschreibung vorzudringen, die in der Dichtung nur das Vorkommende zum Gegenstand haben kann. – Nicht zuletzt den Tod des Menschen.

Trauerarbeit

Eine Trauer, die nicht gelebt wird, verschwindet nicht mit der Zeit. Sie wird vielmehr eingekapselt und bricht – wer weiß wann – wieder auf. Trauerarbeit ist also nötig, die sich zwischen einer wieder und wieder aktualisierten und schließlich doch distanzierten Verlusterfahrung entfaltet. Das Risiko der Verdrängung des Schmerzes, den der Abschied unabdingbar mit sich bringt, ist das eines plankenlosen Treibens, das einer Drift, die zu einem exzessiven Dasein führen kann. Dessen Grundmotiv ist: Selbstauslöschung. Doch wer durch die Arbeit der Trauer hindurchgegangen ist, der hat aus ihr einen unschätzbaren Gewinn gezogen: den der Verdichtung.

La mort des pauvres

C'est la Mort qui console, hélas ! et qui fait vivre;
C'est le but de la vie, et c'est le seul espoir
Qui, comme un élixir, nous monte et nous enivre,
Et nous donne le cœur de marcher jusqu'au soir;

À travers la tempête, et la neige, et le givre,
C'est la clarté vibrante à notre horizon noir:
C'est l'auberge fameuse inscrite sur le livre,
Où l'on pourra manger, et dormir, et s'asseoir;

C'est un Ange qui tient dans ses doigts magnétiques
Le sommeil et le don des rêves extatiques,
Et qui refait le lit des gens pauvres et nus;

C'est la gloire des dieux, c'est le grenier mystique,
C'est la bourse du pauvre et sa patrie antique,
C'est le portique ouvert sur les Cieux inconnus![25]

Der Tod der Armen

> Der Tod ist's, der uns tröstet, ach! und der uns leben macht; er ist des Lebens Ziel, und ist die einzige Hoffnung, die wie ein Zaubertrank uns stärkt und uns berauscht und uns beherzt macht, bis zum Abend fortzuwandern;
>
> Durch Sturm und Schnee und Reif ist er die zitternde Helligkeit an unserem schwarzen Horizont; er ist die vielgenannte Herberge, die man ins Buch uns eintrug, wo man essen und schlafen kann und niedersitzen;
>
> Er ist ein Engel, der in magnetischen Fingern den Schlaf hält und die Gabe ekstatischer Träume, und der den armen nackten Leuten das Lager wieder richtet;
>
> Er ist der Götter Herrlichkeit, ist die geheime Kornkammer, ist der Säckel der Armen und sein altes Vaterland; er ist das offne Tor, das in die unbekannten Himmel führt![26]

Was erwartet den Menschen am Horizont des Lebens? In diesen Versen Baudelaires ist es seine *patrie antique* – seine alte Heimat, in der die Erinnerung an die Antike mitschwingt. Sie ist es, die in den unbekannten Himmeln zu finden ist, die der Tod eröffnet. Zugleich wird der Tod radikal als ein Teil des Lebens gedacht – nicht nur als dessen Ziel und Ende. Ist er es doch, der tröstet, am Leben hält und die Kraft gibt, dem Abend entgegenzugehen. Das Leben dieser Verse spannt sich vor einem dunklen Horizont aus, in dem der Tod zugleich vibrierende Klarheit und Ruhepol ist. Auch wenn er, wie in *Der Tod der Liebenden*, als Engel angerufen wird und die Verse nichts anderes sind als immer neue Anläufe zu seiner Bestimmung, wird doch nicht seine Allegorie gezeichnet. »Er ist …«, so heben die Zeilen des Gedichts an, die in der Wiederholung seine Präsenz ebenso beschwören, wie sie das Leben feiern. – Selbst wenn dieses ein Leben des Elends ist, durch das die mit nur einem Verb als Gang aufgerufene Reise des Menschen geht. Nicht möglich ist es nach der Lektüre dieser Zeilen, den Tod weiterhin aus dem Leben herauszuhalten. Auch nicht, dem Sterben als einem Verlust zu begegnen oder in ihm ein bloßes Proszenium des Jenseits zu sehen. Unbekannte Himmel nehmen in der letzten Zeile dessen Platz ein – mehr ist nicht zu sagen zu dem, was auf die letzten Dinge folgen mag, die in Baudelaires Dichtung entschieden diesseitige sind. Bleibt die Frage: Welche Züge nimmt die Antike für den grundlegend heimatlosen Menschen der Moderne an? Es ist eine Antike, der er als Ziel nur mehr in der Gestalt seines Todes begegnet. Ist ihre Gestalt nicht die der magischen Beschwörungsformel, mit der Baudelaire im Gedicht Leben und Sterben letztlich eins werden lässt? Also mithin nichts anderes als eine Formfrage?

Glück

Ist es nicht das Streben eines jeden, von sich auf der letzten Zielgerade des Lebens sagen zu können: Ich bin ein glücklicher Mensch? Im Rückblick auf die verbrachte Zeit, umhüllt von der Gegenwart der Krankheit, angstvoll auch in Hinblick auf das kommende Ende sich als glücklich zu erfahren und es denen, die zurückbleiben werden, mitzuteilen, ist das Geschenk derer, die ein gelungenes Leben ihr eigen nennen. G. gehörte zu ihnen. Er war zu einer Lebensform gelangt, die sich an seinem Ende rundete, sich beschloss und die frei ließ, die das Glück hatten, in sie eingeflochten gewesen zu sein. – So wird der Tod zu einem Maßstab der Liebe.

Das Pensum, das gelernt werden will: einen Sterbenden gehen zu lassen, dem Egoismus zu widerstehen, ihn im Leben halten zu wollen. Sagen zu können: Ruhe dich nun aus, lehne dich zurück und lass das Kämpfen sein. Es erleichtert wohl das Unabwendbare, so stelle ich mir vor, zu sehen, dass die geliebten Menschen über das unvermeidlich Kommende nicht in Trauer und Schmerz versinken, dass man sich in einer fatalen Gelassenheit gegenseitig Halt geben kann. Gegen das Pathos des Sterbens – in dem man wie wohl sonst nicht im Leben mit sich selbst konfrontiert ist – werden die liebevollen Gesten einer Alltäglichkeit gesetzt, die ihr Recht selbst dann noch verteidigt, wenn diese an ihren Abschluss gerät. Haltung zu wahren im Umgang mit sich und anderen, Zuwendung zu zeigen, solange die Kraft noch ausreicht, sich nicht auf die eigene Person und ihren schwächer werdenden Körper zu beschränken – bekommt das Sterben so nicht eine ihm eigene Würde, die es zur Erfüllung eines je besonderen, nicht nur zur Negation des Lebens werden lässt?

Ja, es gibt einen glücklichen Tod, in dem aufscheint, was wir mit dem Begriff Schönheit nicht mehr belegen können.

LAKONIE

Die ersten Gedichte Baudelaires hatte ich an einem Ort gelesen, der mir über die Jahre als Ort konzentrierter Arbeit vertraut geworden war: in der Berliner Staatsbibliothek. Ich wollte wieder Struktur in die Abläufe des Lebens bringen, und so fuhr ich Tag für Tag, wie ich es in einer anderen Zeit bereits getan hatte, mit dem Bus zum Kulturforum am Potsdamer Platz. Doch in Berlin hielt mich nichts, auch wenn ich ahnte, dass mir diese Stadt, früher als gedacht, wieder zum Lebensmittelpunkt werden würde. Jetzt aber musste ich aufbrechen, mit kleinem Gepäck und dem Schreibbuch in der Tasche. Wie wenig es doch braucht. Ich flog nach Marseille, in die Stadt einer kurzen, aber reichen Spanne unserer gemeinsamen Zeit. Das raue und volkstümliche Leben hatte uns stets stärker angezogen als das glatte und prätentiöse. Auch hier wohnten Freunde, mit denen ich persönlich über den Abschied sprechen wollte. Unser Nachbar etwa, ein Maler der schon vor einiger Zeit seinen 100. Geburtstag begangen hatte. Von seiner wenig jüngeren Frau umsorgt, war er das Gedächtnis des Viertels, in dem er schon unter der deutschen Besatzung gelebt hatte. Damals war er der Deportation zum Arbeitsdienst knapp entkommen. Den Krieg überlebte er unter dem Schutz frommer Schwestern eines provenzalischen Klosters – die dem Künstler Arbeit und so die Papiere gaben, die er brauchte, um nicht nach Deutschland verschleppt zu werden. Während er unter der Woche die Kapelle ausmalte, schmückte er an den Wochenenden eine *maison close* unweit der *Canebière* mit erotischen Fresken. Dies alles gibt es also – erinnere ich den Ton der Erzählungen eines Lebens, mit denen der Nachbar uns in Marseille begrüßt hatte.

Spät kehrst du zurück, denke ich bei mir, als ich den gewohnt gebliebenen Wegen am *Vieux Port* folge. Doch die Emphase, mit der ich sonst der Atmosphäre des Südens begegnete, will sich nicht einstellen: Die Welt ist bis heute nicht wirklich näher gerückt. Die Leere, die der Abschied hinterlassen hat, umgibt mich wie eine Hülle, an der die Zudringlichkeit des Alltags abprallt. Ja, es geht schon – sorgende Nachfragen werden routiniert beantwortet. Doch die fortgesetzte Präsenz des Verlusts ist körperlich spürbar. An manchen Tagen mehr, an anderen weniger ausgeprägt. Die Bezüge, die ich zum Vorkommenden unterhalte, haben sich verschoben und mit ihnen auch die Einschätzung darüber, was im Leben wichtig sei. So macht man also vor sich hin. – Vielleicht ist eine gewisse Lakonie, von Adorno gelegentlich als bedeutende Form der sprachlichen Nüchternheit charakterisiert, nicht die schlechteste Haltung, um von nun an der Welt zu begegnen.

RINGTAUSCH

Die Verbindung zweier Menschen hat in den zwischen ihnen getauschten Ringen ihr Symbol gefunden. Was aber markiert ihren Abschied? Was mit dem Ehering zu tun sei, fragte ich mich in den letzten Tagen vor dem absehbaren Ende. Wie wenig wusste ich doch um die bürgerlichen Konventionen in diesen Dingen. Wie lange würde ich den meinen wohl weitertragen? Würde der seine, am Knochen des Fingers gehalten, einen Platz im Erdreich finden? Pragmatisch und in Hinsicht auf materielle Werte ist diese Entscheidung kaum zu treffen, zumindest dann nicht, wenn den Ringen noch die symbolische Kraft eigen ist, mit der sie aufgeladen wurden, als man sie sich wechselseitig ansteckte. Ich erinnere mich: Der Schmerz, ihn abzuziehen, war nur zu ertragen durch das angenommene Einverständnis dessen, der die Hand nicht mehr spürte, die den Ring von ihm nahm. – Um ihn zu einer anderen Stunde als Zeichen der Zuneigung weiterzugeben, damit sich die Verbindung, die er symbolisiert, in der Trennung erneuere.

Zum Symbol des Abschieds jedoch wurde ein anderer Ring, dessen Bedeutung seit einiger Zeit verblasst und hinter das neue Zeichen des partnerschaftlichen Lebens zurückgetreten war. – Er fand sich, Zeuge der ersten Zuneigung, in einer Manteltasche wieder. Ihn dem toten Körper in der Leichenhalle wieder anzustecken, war nicht weniger schwierig, als zuvor den Ehering von der erstarrten Hand abzunehmen. Schließlich erschien mir die Geste des Ringtauschs als das Knüpfen eines Bandes, das über den Abschied hinaus Bestand haben sollte. Verwandelte sie den toten Freund und Ehemann nicht gleichsam in die Figur eines abwesenden Geliebten. Mit der Trennung wurde so der Augenblick der ersten Begegnung erinnert, der Abschied an den Moment zurückverwiesen, an dem man wechselseitig in sein je anderes Leben getreten war. – Und er reichte über den Tod hinaus. Wurde aus dem Freundschafts- doch nun ein Abschiedsring. Sein Gegenstück trage ich bis heute an meiner Hand.

Photographischer Blick

Verlasse ich mein Schreibgehäuse, um in die umgebende Stadt einzutauchen, nehme ich die Einstellung eines Photographen an. Doch die Bilder, die bei diesen Gängen durch die Straßen und Gassen, durch die Kirchen und Kapellen Palermos entstehen, das merke ich schnell, ergeben kein Portrait der Stadt. Meine Aufmerksamkeit gilt vielmehr Motiven, die durch das urbane Gewebe hindurch meine mentale Disposition zum Ausdruck bringen. Ich nehme mich gleichsam durch den Stadtkörper Palermos hindurch selbst in den Blick. – Und schreibe mich so in ein Leben ein, dem ich durch die photographische Distanzbildung zugleich äußerlich bleibe. Mit den Augen taste ich gleichsam die Oberfläche der Dinge ab. Die Motivsuche hält mich ebenso auf Abstand wie die Einstellung von Schärfe und Belichtung. Lange Zeit verbringe ich etwa am Rand eines Bürgersteigs und betrachte den Asphalt aus allen möglichen Perspektiven, wähle Ausschnitte und verwerfe sie wieder. In ihm sind Abdrücke von Menschen aufbewahrt: Sneakers erkenne ich an einem klaren Stollenmuster, ein jugendlicher Sportler mag neben einem Geschäftsmann gestanden haben, dessen Absätze nicht weniger deutlich eingedrückt sind. Das unterschiedlichste Schuhwerk ist hier auf engem Raum versammelt zu einem Muster der Abwesenheit gefügt, das mich fesselt.

War für mich die Konfrontation mit dem Tod nicht von klein auf damit verbunden, mir ein Bild zu machen? Ein Bild, von dem ich hoffte, es würde den Verstorbenen im Leben halten? Und war der visuelle Weltbezug, den ich in den darauf folgenden Jahren entwickelte, nicht ursprünglich in diesem Trauma begründet, das die Konfrontation mit dem Sterben dem kleinen Jungen bedeutete? Während ich die Straße entlanglaufe, den Blick nach unten gerichtet, auf der Suche nach anderen Spuren, die im Asphalt zu finden wären, oder auf die Spiegelbilder der Auslagen, in denen die Konturen der Passanten verwischen und ihre Physiognomien zu ephemerer Leichtigkeit finden, erinnere ich mich:

Als die geliebte Großmutter gestorben war, stahl sich das Kind, das ich war, mit seiner Kamera an den offenen Sarg in der Leichenhalle. Vom Abschiedsschmerz gezeichnet, photographiert es den Körper der alten Frau. Zunächst aus einer sicheren Distanz, zaghaft und erschreckt, dann jedoch in Nahaufnahmen: wieder und wieder, den Fokus enger und enger wählend. Hoffte der Junge nicht, vom Schmerz einer tief empfundenen Absenz übermannt, die Tote so im Leben halten zu können? Die Verbindung nicht kappen zu müssen, die zwischen ihnen bestand und durch die Photographie die Endgültigkeit des Abschieds, wenn schon nicht zu überlisten, so doch zumindest aufzuschieben? Nicht das versprochene Bild war es, das für den Knaben zählte, der von den letzten Dingen kaum ein Bewusstsein hatte. Die kindliche Trauer hatte vielmehr im Nehmen der Bilder, im photographischen Blick, ihr Medium gefunden und einen Bezug zur Welt im Angesicht des Todes. Als die Photos, Wochen später, entwickelt waren und aus dem Labor zurückkamen, war die Großmutter längst schon beigesetzt, und mit ihr verschwanden auch die Bilder. Denn die Eltern, erschreckt über die ihnen respektlos scheinenden und nahezu blasphemischen Aufnahmen des Knaben, verschlossen sie in einem Schrank, auf dessen Inhalt er keinen Zugriff hatte.

Doch dieser erste Blickrausch begründete wohl die Faszination der Bilder, sensibilisierte für eine visuelle Aneignung der Welt und für das Wissen um ihre Macht im Leben der Menschen, gerade dann, wenn dieses uns in seinen Extremen begegnet. Es ist Abend geworden, und meine Gedanken tragen mich in die kleine Wohnung zurück, in der ich mich eingerichtet hatte. Matteo wartet auf mich, wie jeden Abend seit unserem Gespräch in seinem Atelier. Wie jeden Abend berichte ich von meiner Arbeit, von der neuen Ordnung, die das Buch des Abschieds gewonnen hat. Wie jeden Abend zeige ich ihm die Bilder meiner Gänge durch die Stadt, die er aufmerksam eines nach dem anderen betrachtet. Und ich erzähle Matteo von den Stunden der Beisetzung des verstorbenen Freundes, den er nicht gekannt hatte. »Wie war es für dich«, fragte er, »als du deinen Mann zu Grabe tragen musstest? Ich möchte mehr über dich erfahren.« Und ich wollte mehr über mich berichten, bewegte ich mich ihm gegenüber doch in einem Drahtseilakt der Verhaltenheit und eines neuen Versprechens. »Ich möchte«, so hatte ich ihm bei meiner Ankunft gesagt, »den Menschen, die meine Wege kreuzen, mit Offenheit begegnen und das Neue wagen. Wurde meinem erst im September letzten Jahres angelegten Familienbuch«, so setze ich hinzu, »doch früher als erhofft ein neuer Eintrag hinzugefügt: der Auszug aus der Totenakte N. 1/1957, der mit Stempel und Signatur vermerkt, dass mein keine drei Monate zuvor zum Ehemann gewordener Gefährte am 20. November 2013 in Nantes verstorben sei.« Und so erzähle ich.

Fröhlicher Synkretismus

»Nein, das kannst du dir nicht zumuten.« Das waren die Worte der Mutter, als sie erfuhr, dass ich die Totenrede bei der Trauerfeier selbst vortragen wollte. Neben dem Sarg, von Angesicht zu Angesicht nicht nur mit meinem Schmerz, sondern auch mit den Menschen des Dorfes, seines Geburtsortes im Westen Frankreichs, an den G. zurückgekehrt war. – Und ich mit ihm. Hier besiegelten wir, sobald es durch die Öffnung der Ehe für alle einander zugewandten Menschen möglich geworden war, unsere Partnerschaft. Wir feierten eine Hochzeit, bei der sich das Leben für meinen Freund rundete, bevor es zu Ende gehen sollte. Der Bürgermeister des Dorfes verweigerte sich dieser republikanischen Zeremonie – sei für ihn die Ehe doch auf Kinder angelegt: das Argument eines Priesters. Doch seine Stellvertreterin fand in dieser abgelegenen ländlichen Gegend die richtigen Worte, mit denen sie die Devise der Republik – Freiheit, Gleichheit und Brüderlichkeit – für unser gemeinsames Leben auslegte, von dem sie wohl ahnte, dass es nur noch von bemessener Dauer sein würde. »Kannst du dir vorstellen, dass wir gemeinsam für Kinder Verantwortung übernommen hätten?« So fragte mich G. wenige Tage vor der Eheschließung, die in dem kleinen Dorf wohl schon seit Wochen zum Tagesgespräch gehörte. »Ja«, sagte ich, »hätte das Leben nicht anders entschieden, gewiss.« Nun stand ich am Sarg und nahm Kondolenzbesuche ab, bemühte mich persönliche Worte zu finden und der Anteilnahme angemessen zu begegnen.

Auch den Dorfpfarrer sah ich morgens am offenen Sarg. Eine Segnung sollte es sein, keine Messe – er hatte bereits davon gehört. »Ich wünsche mir«, so sagte ich ihm, »eine humanistische Zeremonie, die nach dem Bild des Verstorbenen gestaltet sein sollte, ein letztes Geleit, in dem sich alle, die G. nahe waren, mit ihrer Trauer würden einfinden können.« Genaueres wäre dann ja am Nachmittag bei einem Treffen zu besprechen, an dem eine Nichte des Verstorbenen, ein vertrauter Begleiter und eben ich selbst teilnehmen würden. »Wie lange wir denn überhaupt zusammengelebt hätten«, lautete seine fragende Antwort. »Es wäre wohl gut, wenn auch jemand aus der Familie bei diesem Gespräch anwesend wäre.« – »*Excusez-moi* … aber ich bin …« Das Gewicht unserer Bindung würde der Priester nicht zu wägen wissen, nach einer Pause brachte ich den Satz zu Ende: »Ich bin nach all den Jahren des gemeinsamen Lebens … wohl *de sa famille*.« Dass G. mir vom Freund zum Gatten geworden war, würde der Pfarrer ebenso wenig anerkennen können, wie einige der Geschwister, denen die Tiefe unserer Zuneigung, trotz der Nähe, in der ich sie zu stehen glaubte, fremd geblieben war. Noch wollte ich hoffen, dass sie unser Leben respektieren würden. Ich sollte enttäuscht werden. Ich bliebe, sagten sie, als es daran ging, die Dinge zu ordnen, die G. uns hinterlassen hatte, was ich immer gewesen sei: Mieter in ihrem Haus, und mit den Träumen, die sie der Krankheit ihres Bruders wegen geduldet hätten, sei es nun vorüber. Doch dass es so kommen würde, wollte ich nicht glauben, als ich den kurzen Wortwechsel zu Ende brachte: »Ich war, *mon père*, sein Ehemann und bin nun sein Witwer.« »Wir werden sehen«, höre ich den Pfarrer sagen, der sich grußlos vom Sarg abwandte und mich dann doch überraschen sollte. Für einen Augenblick noch standen die wenigen Sätze im Raum, waren die Abgründe zu greifen, die der alte Mann zu überwinden hatte, bevor er in der Lage sein sollte, uns in seiner Kirche die Rituale des Abschieds so gestalten zu lassen, wie wir es für angemessen hielten. – Es war die erniedrigende Prüfung wert, bei der er sich wohl ein Bild davon machen musste, was eine Bindung wert sein kann, der seine Kirche den Segen verweigert.

So ertönt, als wir G. zu Grabe trugen, nicht nur die Orgel, deren Klänge dem Priester so am Herzen lagen, sondern auch Leonard Cohens gebrochenes Halleluja.[27] Franz von Assisi war der christliche Gewährsmann der Zeremonie, und Ovid trat ihm zur Seite – ein fröhlicher Synkretismus, ein in sich gebrochener und vielstimmiger metaphysischer Kosmos. Die vom religiösen Teil der Familie gewählten Gebete und Fürbitten insistierten auf den Respekt vor unterschiedlichsten Lebensformen. Meine Schwägerinnen kannten wohl ihre Pappenheimer – und sich selbst. Der Landpfarrer, der sich sicher zum ersten Mal einer solchen Herausforderung zu stellen hatte, erinnerte in seinen Worten an das, was größer sei als wir selbst. Einem Menschen *Adieu* zu sagen heiße auch, ihn Gott anzuvertrauen. Er wiederholte es wieder und wieder. Am Pult hatten wir einen Ast befestigt, der das Holzmobile der schwirrenden Vögel trug, die G. in den letzten Stunden begleitet hatten. Als die von Jean mit ruhiger Stimme vorgetragenen Abschiedsworte verklungen waren, war es an mir, die Sätze zu sprechen, die ich am Krankenbett notiert hatte. »Ich grüße dich« – so schloss ich diese Rede – »nicht zum letzten Mal mit Worten aus Vergils *Bucolica*, die dir in deinen letzten Stunden von Bedeutung waren.

Du hast sie dir zum Grabspruch gewählt: *Omnia vincit amor, et nos cedamus amori.* – Die Liebe besiegt alles, wollen auch wir der Liebe erliegen.«

Den Abschied von G. hatten wir am Morgen mit einer Meditation im engsten Kreis begonnen. Sie gab die Tönung des Tages vor und trug mich auch jetzt. Auf dem Weg zu der kleinen Klosterruine, für den Freund – der hier Pilze zu suchen liebte – seit jeher ein Ort der Versenkung, geschah das Unerklärliche. Als wir uns aufmachten, das Haus zu verlassen, hielten wir kurz an der kleinen Straße, die nach wenigen Metern in einem einsamen Gehöft endet: Sie führt, nachdem sie einen kleinen Bauernhof passiert und die Ruinen von La Petite Nallière zur Seite gelassen hat, direkt in das abgelegene Weltende. Von dort kamen uns, wie aus einer anderen Zeit, zwei orangefarbige *Renault 4* entgegen, in denen je vier uns zuwinkende Pinguin-Nonnen fuhren. Im vollen Habit und bei bester Laune. – Ein Louis de Funès-Film aus den siebziger Jahren. Doch wer hatte die Szene für uns arrangiert? Was machten die fröhlich strahlenden Ordensfrauen – wenn es denn welche waren – zu früher Stunde an diesem verlorenen Ort? Ich grüßte die Damen freundlich und wollte die Szene als ein Zeichen nehmen: Glücksgefühl mischte sich in unsere Trauer und hielt – in eine gespannte Gelassenheit eingezogen – auch dann an, als der Sargdeckel nicht nur verschraubt, sondern versiegelt worden war. Hatte er doch, um achtsam in die Erde gelassen zu werden, zuvor die Gemeindegrenze zum Nachbardorf zu überqueren. Und mit ihm auch der ausgetrocknete tunesische Jasmin und das Zeichen der Fatima, die wir dem Freund in die Hände legten, um uns von ihm zu lösen.

Der Totengräber, der das Grab ausgeschachtet hatte und den Sarg mit Erde bedecken sollte, hielt sich während der Beisetzung abseits. Ich sah ihn, einen muskulösen Mann von kaum fünfundzwanzig Jahren, im staubigen Blaumann rauchend an eine Mauer gelehnt, als uns der Trauerzug von der Kirche zum Friedhof führte. Wie dem alten Landpfarrer, der wenige Monate nach diesem Abschied selbst aus dem Leben gehen sollte, dankte ich auch ihm für eine gute Arbeit. Und ging einige Schritte allein meines Weges.

Bilder nach dem Paradies

Der die Unterwelt durchfließende Fluss Styx oder die Gestade des Acheron, elysische Felder oder Paradiesgarten: Religionsgeschichte entschlüsselt, Bild für Bild, die Vorstellungswelten einer Sphäre, die jenseits der Grenze angesiedelt ist, an der Leben ab- und der Mensch, sterblich, in es einbricht. Doch anstatt sich in das Imaginarium des Jenseitigen zu versenken, verweist uns Georges Bataille gelegentlich auf eine grundlegende Medialität des Vorkommenden: Eine »gewaltige Ausdehnung«, nichts anderes sonst, scheint an die Stelle der vielfältigen Paradiese getreten und werde – folgen wir seinen Überlegungen – uns durch eine »langsame Photographie«[28] enthüllt. Was ist damit gemeint? Ebenso wie es gelte, die Welt, in der wir leben, zugleich immer auch als eine *Welt, in der wir sterben* zu denken, gelte es das Jenseitige unseres Wissens zu erfassen.[29] Mit der Annahme einer »gewaltigen Ausdehnung« und der Metapher ihrer möglichen Photographie – die in ihrer angenommenen Langsamkeit mit dem Gewaltigen kontrastiert – markiert Bataille das Andere der vermessenen Welt und unseres rational entschlüsselten Lebens in ihr. Sichtbar werde diese jedem Halt in bestimmten und bestimmenden Formen entgegengesetzte Weite nicht in einer metaphysischen Übersteigung des Vorkommenden, sondern an den Dingen selbst: in der langsamen Entwicklung ihrer Bilder, die – gleich der Belichtung von Photopapier in den Dunkelkammern, die dem digitalen Zeitalter vorausgingen – zur Sichtbarkeit gebracht werden. Bilder von Dingen, die, obgleich Abbilder, doch gleichsam aus dem Nichts hervortreten und von ihrer Gegenständlichkeit abgelöst sind, bevor sie uns als eine »langsame Photographie« vor Augen treten. – Als ein Nachschein des Vorkommenden. Diese spezifische Belichtung der Dinge – die auch als eine Arbeit an der Sprache vor sich gehen kann, in der die Welt beschrieben wird – löst ihre Transzendenz ab und verweist uns stets auf eine Dynamik kulturellen Werdens zurück.

Vita nuova

Ich erinnere mich: Beim Sortieren der Dinge, die sich über Jahre angesammelt haben, fiel mir ein Buch in die Hände: *Vita Nuova* – das neue Leben, die Geschichte einer Liebe und einer Trauer, ein von mir bis heute nicht gelesenes Buch aus dem humanistischen Bildungskanon. Radikaler Einsatz von Dantes Erneuerung der italienischen Sprache durch den Gebrauch volkstümlicher Idiome, als ein Vorläufer der *Göttlichen Komödie* einzuordnen – vages Halbwissen, mehr ist da nicht, so dachte ich und zögerte, den Band ins Regal zu räumen. Ob nun der Moment gekommen wäre, die Seiten aufzuschlagen? Wie so oft unterbrach die Lektüre mein Tagwerk, erschloss mir einen anderen, weiteren Weltbezug, indem sie dem Gang der Dinge die ihr eigene Zeit entgegenstellte. Manche Stellen, an denen mein Lesefluss innehielt, markierte ich mir, um, wenn es mir hilfreich sein sollte, leichter zu ihnen zurückfinden zu können.

»Hernach, als ich irgendwo der vergangenen Zeit gedachte, stund ich gar tief in Sinnen versunken und so betrübt und traurig, daß ich ganz verzagt aussah. Und da ich meiner Mühsal inne ward, hob ich die Augen auf, um zu schauen, ob man mich nicht etwa bemerkt habe. Und ich erblickte eine holde Frau, jung und gar lieblich anzusehen, welche mich von einem Fenster aus so voller Mitleid betrachtete, daß alles Erbarmen in ihr vereinigt schien. Sintemal nun die Unglücklichen leichter zu Tränen gerührt werden, sobald sie das Mitgefühl anderer gewahren – gleichsam als erfaßte sie alsdann Bedauern mit sich selber –, spürte ich, wie meine Augen sich mit Tränen zu füllen begannen, und dieweil ich ihr meine Schwäche nicht zeigen wollte, entzog ich mich den Blicken der Holden und sprach zu mir selbst: ›Es kann wohl nicht anders sein, als daß eine so mitleidige Frau auch der edelsten Liebe teilhaftig ist.‹ Daher nahm ich mir vor, ein Sonett zu schreiben, in dem ich mich an sie wenden und in welchem ich all das ausdrücken wollte, was ich soeben erzählt habe.«[30]

Neben die Lektüre wird hier die Aufforderung zu erzählen und zu schreiben gesetzt. Dem Unglücklichen sind Sonette ein Halt. Indem er ein bedeutendes Zitat gegen die Flüchtigkeit des Lebens aufruft, schreibt der Mensch sich in das kulturelle Gedächtnis der Welt ein. Gegen eine Überbietungslogik, die auf das immer Neue setzt, wird ein Zurückbeugen in die Überlieferung gestellt. Deren Aktualisierung erfolgt nicht nur in ihrer hermeneutischen Auslegung, sondern auch dadurch, dass ein Motiv aufgenommen und in einen anderen

Zusammenhang übersetzt wird. Recht eigentlich schon in der Geste des Zitierens selbst, die so zu einem Verfahren des Umgangs mit den letzten Dingen wird. Doch das neue Leben hatte zunächst eine prosaische und provisorische Gestalt. Kartons, die darauf warteten gepackt zu werden, stapelten sich in allen Ecken und im stets überquellenden Schuhschrank wurde Luft geschaffen. Möbelstücke tauschten ihren Platz, und alte Gegenstände wurden ersetzt. Ihre Gnadenfrist war abgelaufen. So fand statt des knarzenden Radioweckers eine neue Lichttherapie-Lampe mit eingebautem Wohlfühlfaktor ihren Platz auf dem Nachttisch, die zur gewünschten Uhrzeit den Sonnenaufgang simuliert.

Vertraut und dennoch fremd war der Ort des gemeinsamen Lebens. Auf dem Schreibtisch stapelten sich Schreiben an Versicherungen und Kassen neben vertraulichen medizinischen Fragebögen, Rechnungen und den ersten Entwürfen für den Grabstein. Die Trauerpost war zu meiner großen Zufriedenheit zügig erledigt worden, und auch der Zwang, den Abschied wieder und wieder erzählen zu wollen, wich einem Überdruss. Doch es war ein gutes Gefühl, den Blumenschmuck winterfest gemacht zu haben. Und es erfreute, dass so viele regelmäßig das frische Grab besuchten. Wie lange dies wohl anhalten würde? Noch war dort der Grabspruch nur in einer vorläufigen Form zu lesen: *Omnia vincit amor*. Freunde hatten die Worte mit der Stichsäge aus Holz geschnitten und das Epitaph so im Blumenschmuck zu lesen gegeben. Doch der Kleber, der die Buchstaben an fragilen Bambusstangen hielt, löste sich mit dem Regen, und einer nach dem anderen fielen sie ab. Man musste sich den Sinn zusammensuchen – vielleicht sollte man dieses unregelmäßige Muster in den Marmor gravieren lassen, anstatt des geordneten Sinns ein Sprachspiel des Alphabets. Nein, dachte ich: Die Liebe besiegt nicht alles. Ob er den Körper in einem Sarg beisetzen oder zu Asche verbrennen lassen wolle, hatte sich G. noch in den letzten Stunden gefragt. Ihm hatte die Vorstellung gefallen, zu einem Teil des Ganzen der Natur zu werden – und wohl auch die, in dieser fortzubestehen. Doch seine Entscheidung war dann schnell getroffen: Eine Stelle möglichen Gedenkens wünsche er sich. So hatten wir im Abschied den Ort der neuen Begegnung imaginiert: ein altes aufgelassenes Familiengrab aus dem 19. Jahrhundert, das die Patina des ländlichen Katholizismus mit sich trägt. Schlichte Lettern aus Metall werden Namen, Geburts- und Sterbejahr anzeigen, der Naturstein aus dem Garten, der sie tragen soll, war im Hof des *funérariums* schon zurechtgestellt.

Das neue Leben: Setzt es nicht ein mit der Verwandlung dessen, der nicht mehr neben uns ist, in die Zeichen des Gedenkens? Das neue Leben: Wird in ihm nicht zumindest der Versuch gewagt, die Erfahrung des Verlusts und der Abwesenheit in eine Quelle neuen Glücks zu verwandeln, in dem das eben abgebrochene Leben fortgeschrieben werden soll? Das neue Leben: Nach dem Abschied gilt es, in gelassener Anerkenntnis der Endlichkeit, eine Existenz im Zeichen des Todes zu führen und der Einsamkeit die Stirn zu bieten. – Nach einem Jahr, so sagten zumindest erfahrene Stimmen, würde es besser.

Sprachlosigkeit

Für die Weihnachtstage fuhr ich das erste Mal seit langer Zeit wieder zu den Eltern. Auch sie waren älter geworden. Das Christfest hatten wir zuletzt nicht mehr in Deutschland verbracht, sondern es vorgezogen, in der kleinen Weltgemeinde von La Nallière unter uns zu bleiben. »Familientreffen«, sagte G., »können an hohen Feiertagen wie diesen schnell in Terror umschlagen, alte Konfliktlinien zwischen Geschwistern aufbrechen und Unausgesprochenes schmerzhaft werden lassen.« Das alles ersparten wir uns. Stattdessen füllten wir unser Haus über Tage hinweg mit festlicher Stimmung, gingen mit Besuchern über die Felder und kochten, um Stunden mit Danielle und Cyrille bei einem Weihnachtsmenü zu verbringen, an dessen Abfolge wir schon Wochen zuvor getüftelt hatten.

Vor zwei Jahren, erinnere ich mich, hätten wir das gemeinsame Weihnachtsessen fast verpasst, saßen wir nach einer Arbeitsreise, zu der ich G. begleitet hatte, doch in London fest. Die Stadt war eingeschneit, und das Flugzeug, das uns wieder nach Nantes bringen sollte, machte auf dem Rollfeld kehrt. Die Starterlaubnis war zurückgezogen worden. Nach Stunden des Wartens, die Schmerzen kaum mehr betäubt, fanden wir uns im Hotel wieder. Ob und wann wir die Insel würden verlassen können, war ungewiss. Mit unserer Geduld gingen auch die Morphiumvorräte zu Ende. Ein Arzt, der schnell herbeigerufen war, stellte uns zwar das nötige Rezept aus, doch um die lindernden Drogen zumindest teilweise zu erhalten, war in der Apotheke des nahen Klinikums ein harter Kampf zu führen. Er erstreckte sich – in britischer Freundlichkeit ausgefochten – über Stunden, da niemand die Verantwortung übernehmen wollte, mir das doch so notwendige Morphium auszuhändigen. Unterdessen wartete der Freund im Hotelzimmer auf meinen Anruf und auf Nachricht, ob wir noch vor den Weihnachtstagen aus dem festlich geschmückten London würden aufbrechen können. Ein Sanitätsflug? Nicht möglich. Andere Flugrouten? Aussichtslos. Schließlich machten wir uns im Wagen auf den Weg. Die Fähre in Dover war für uns gebucht, und in Calais wartete ein Bett für einige Stunden Schlaf. Der Blick aus dem Fenster zeigte eine triste Hafenidylle, wie man sie aus Kaurismäki-Filmen kennt. Kaum war der Schlaf aus den Augen gerieben, begann eine traumhafte Fahrt: 660 Kilometer von der Kanalküste zurück nach La Nallière waren zurückzulegen. In frischem Weiß lagen die Felder an der Strecke, die Raststätten waren in den frühen Morgenstunden des 24. Dezember verlassen, und wir wurden nach und nach zu Akteuren unseres eigenen Roadmovies. Zu Hause warteten Danielle und Cyrille schon auf unsere Rückkehr, hatten Feuer im Kamin geschürt, und G. machte sich wie jedes Jahr daran, den Baum für den Abend zu schmücken.

Die Bilder dieses Weihnachtstages gingen mir durch den Kopf, als ich, umgeben von einem weiteren Verwandtenkreis, an der Kaffeetafel der Eltern saß. Anne berichtete wie stets ausführlich von den Fallstricken deutscher Schulpolitik und davon, wie… So würde die Welt nicht zu retten sein, fiel Markus ein, mit dem sie ihr Leben und die Überzeugung teilt, dass die ökologische Katastrophe… Ein Wort gab das nächste. Im Wohnzimmer sauste unsere Modelleisenbahn, als sei nichts gewesen, um die dürftige Tanne. – Eine Erinnerung an Kindheitstage, die wir als das Ende näher zu rücken schien, wiederbelebt hatten. Einzig der geliebte Kater fehlte. Er würde die Wagons sonst mit einem gezielten Tatzenhieb zum Entgleisen bringen. Ich hatte den Zug mit dem Baumschmuck aus Frankreich mitgebracht, in der vergeblichen Hoffnung, etwas Vertrautheit herüberzuretten. »Ja gerne, einen Kaffee noch«, hörte ich mich sagen, war sonst aber ganz in das regelmäßige Surren der ihre Kreise ziehenden Modellbahn versunken. Am Tisch: Endlose Gespräche über das Wetter, die politische Weltlage oder das Leben der Nachbarschaft. Man verstrickte sich in Trivialitäten. – Wohl aus Angst, bei mir Schmerz und Trauer zu wecken, und sicher auch aus der Unfähigkeit heraus, dem Tod seinen legitimen Platz im Leben zu geben.

Erfordert eine angemessene Reaktion auf die letzten Dinge nicht die Teilhabe an rhetorischer Kultur? Zumindest hält sie den sozialen Austausch auch unter schwierigen Bedingungen geschmeidig. Ihr Wert erweist sich in besonderer Weise, begegnet man dem nackten Leben. In seinem Zeichen wird ihre Reichweite durch eine bedrängende Unmittelbarkeit zugleich radikal in Frage gestellt und ihre Kraft doch gerade entfaltet. Denn in die Formen rhetorischer Kultur kann sich zurücklehnen, dem die Emotionen überschießen. Sie sind dem eine Sicherheit, der nicht mehr in der Routine des Alltags aufgehoben ist. Dem es die Sprache zu verschlagen droht, dem ermöglicht rhetorische Kultur, Worte zu finden, die ihn in das Leben einschreiben – und nicht nur in gesellschaftliche Ordnungen, was für sich ja bereits ein Gewinn ist. Doch wie oft begegnen wir ihr nur in der Schrumpfform der Floskelhaftigkeit, wie oft ist sie nichts anderes als die marinierte Schwester einer laut dröhnenden Sprachlosigkeit? Wir senden dir, las ich eine Trauerkarte, die mich unter der Adresse der Eltern erreicht hatte, unser aufrichtiges Beileid und hoffen, dass du diese schwere Zeit schnell hinter dir lassen wirst… Gut gemeint sind die Worte, von Herzen wohl und dennoch: Sie sprechen stärker von der eigenen Angst vor dem Tod, als dass sie das Leid zu teilen suchen, das sich in einem Leben breit machen kann. Schon der Krankheit konnte die Tante, der G. das letzte Mal hager und kahl geschoren begegnet war, nicht ins Antlitz sehen. »Weißt du«, hatte der Freund auf die Frage geantwortet, was es bei Bettina wohl Neues zu berichten gäbe, »sie hat kaum ein Wort mit mir gewechselt. – Mich aber den Abend über angestarrt, als sei ich ein wildes Tier. Zumindest fühlte ich mich so, ob ihrer Sprachlosigkeit.« Ich legte die Karte zur Seite und nahm mir vor, am nächsten Tag gleichwohl einige Zeilen zu antworten.

Ob ich noch … – »aber ja, gerne noch einen Kaffee zu den Plätzchen.« Mit dem Zug könne man ja, hörte ich eine Stimme sagen, heute nicht mehr reisen. Früher, ja früher, seien die Uhren im Land nach den Fahrplänen der Bundesbahn gestellt worden – heute jedoch … – und dann die Klimaanlagen, die nicht funktionierten. Man hetze auf glatten Wegen von Bahnsteig zu Bahnsteig, um sich dann in überhitzten Wagons den Tod zu holen. Verschwitzt wie man sei, vollgepackt mit Koffern und Taschen, für die man auf den Gängen keinen Platz finde. »Die Politik? Ach, bleib mir weg damit. Morgen aber«, sagte Stefan, »soll es Schnee geben, hast du denn auch feste Schuhe im Gepäck?« »Ja«, war meine knappe Antwort, und ich dachte an die Spaziergänge, die wir sonst in der Zeit zwischen den Jahren an den Stränden von Noirmoutier unternommen hatten. Wurden Erinnerungen an den aufgerufen, der fehlt, und an das, was nicht bleibt, unterbrachen Pausen der Verunsicherung den Strom des hilflosen Geplappers. Wo man – pflegt man mit ihrer Endlichkeit einen vertrauten Umgang – den Dingen des Lebens doch mit einem Ernst begegnen möchte, der ihre Einfachheit und ihr Gewicht hervortreten lässt. Stattdessen bestimmte ein zu lautes Lachen die Szene. Wie denn bei ihnen wohl das abendliche Weihnachtsessen verbracht würde, fragte ich einen Onkel? Mit seiner Frau hätte er sich für eine einfache Variante entschieden – nur keine Arbeit sei die Devise, und dann müsse man ja auch die Kinder besuchen. Dass wir in den letzten Jahren gerne einen Rehbraten mit Kastanien im Rohr gehabt und über Stunden getafelt hätten, so berichte ich von unserem letzten Weihnachtsfest. Und wollte sagen: Wir können über den Tod sprechen, auch wenn der Abschied von G. gerade erst vier Wochen zurückliegen mochte. Doch die Augen wichen aus und konnten den Blick dessen nicht halten, den man von seiner Trauer übermannt glaubte.

Es war ein kleiner Satz, der mich an diesem Tag berührt hatte: »Geht es?«, fragte ein Cousin, mit dem ich für einen kurzen Moment abseits stand. »Ja, ich halte mich.« Seine Antwort war ebenso knapp: »Das wollte ich hören« – und er sagte zugleich: Wenn nicht, du kannst mit mir rechnen. Nach diesem kurzen Wortwechsel der Verbundenheit gingen wir wieder in die große Runde, in der Susanne, wie stets wenn wir uns begegneten, gerade ihre übliche Pirouette drehte: um sich und um sich selbst allein. Eigentlich bin ich mit meinem Cousin nicht wirklich vertraut. Teilen wir doch kaum Erinnerungen an die Kindheit oder an gemeinsam verbrachte Zeit. Dennoch: Ein Blick genügte uns. Wer sein Beileid auszusprechen und Leid zu teilen vermag, das spürt man schnell. Meist sind es Menschen, die selbst durch die Erfahrung des Abschieds hindurchgegangen sind. Sie finden den ihnen angemessenen Ton, das richtig gesetzte Wort, und sie wissen, wie gut es tut, der Trauer im alltäglichen Leben Raum zu geben. »Schön ist er, dein Zug. Meine Modelleisenbahn wurde am Weihnachtstag immer zum Entgleisen gebracht. Du erinnerst dich an Max, den Kater? Zunächst starrte er so gebannt auf das Spielzeug, dass man denken konnte, er sei der Jagd müde, dann aber ...« –, der Zug rast um die Tanne, und ich sage: »Ja, wie könnte ich ihn vergessen.«

Metamorphose

Es gab Worte, die noch nicht ausgesprochen werden konnten – etwa, dass dieser Garten sein Vermächtnis ist. Die Stimme kam ins Stocken, eine in mir beschlossene Trauer brach auf. Sie begleitete mich auf dem stummen Gang von Strauch zu Strauch. Den G. nicht mehr gehen wird, auf Wegen, die anzulegen und zu pflegen die letzte Leidenschaft seines Lebens war. Sie führten mich die Rosenpergola hinunter, in der er wünschte, eines Tages das Plätschern von Wasser zu hören. Rosen waren in den letzten Jahren die große Leidenschaft des Freundes geworden. Er wählte sie nach Farbe und Duft, nach Zeit und Form ihrer Blüte ebenso wie nach den Geschichten, die sie mit ihrem Namen in den Garten trugen. Die Erinnerung an seine Stimme schwindet zuerst, dachte ich, und suchte den Klang zurückzurufen. War er nicht von einer großen Freundlichkeit? Nun, im frühen Jahr, begannen die Stöcke zu treiben, kleine Knospen auf dem Holz der Äste weckten meine Aufmerksamkeit. Und ich fragte, wie die Rosen zu schneiden seien. »Jeweils nach dem zweiten oder dritten Auge«, erklärte Cyrille, der in diesen Dingen bewandert ist. Mischte sich nicht eine Stimme, von fern, unter den Wind? Kein Gesang zwar, aber ein magischer Ton schien die ländliche Einsamkeit zu erfüllen, er war in der Kraft einer Stimme begründet. Danielle las in Rilkes *Sonette an Orpheus*:

ERRICHTET keinen Denkstein. Laßt die Rose
nur jedes Jahr zu seinen Gunsten blühn.
Denn Orpheus ists. Seine Metamorphose
in dem und dem. Wir sollen uns nicht mühn

um andre Namen. Ein für alle Male
ists Orpheus, wenn es singt. Er kommt und geht.
Ists nicht schon viel, wenn er die Rosenschale
um ein paar Tage manchmal übersteht?
O wie er schwinden muß, daß ihrs begrifft!
Und wenn ihm selbst auch bangte, daß er schwände.
Indem sein Wort das Hiersein übertrifft,

ist er schon dort, wohin ihrs nicht begleitet.
Der Leier Gitter zwängt ihm nicht die Hände.
Und er gehorcht, indem er überschreitet.[31]

Nahm nicht die Metamorphose, von der in diesen Versen die Rede ist, eben ihren Lauf? Gerade eben. Das Wort verklang, doch wir folgten ihm nicht. Es trägt wohl nur den davon, der ihm seine Stimme leiht und eine Wirklichkeit ausspricht, die unser Dasein übersteigt. Metaphysik? Nichts als ein Klang. Ein Weltgesang wird hier unter dem Namen des Orpheus erinnert, und mit ihm die Flüchtigkeit des sich wandelnden Daseins, der nicht mit einem Grabmal, sondern mit einer ästhetischen Einstellung zu begegnen sei. Wenn für ihn, Jahr für Jahr, die Rose erblüht, so ist es eine Feier des Lebens – und der Kunst in diesem.

IST er ein Hiesiger? Nein, aus beiden
Reichen erwuchs seine weite Natur.
Kundiger böge die Zweige der Weiden,
wer die Wurzeln der Weiden erfuhr.

Geht ihr zu Bette, so laßt auf dem Tische
Brot nicht und Milch nicht; die Toten ziehts –.
Aber er, der Beschwörende, mische
unter der Milde des Augenlids

ihre Erscheinung in alles Geschaute;
und der Zauber von Erdrauch und Raute
sei ihm so wahr wie der klarste Bezug.

Nichts kann das gültige Bild ihm verschlimmern;
sei es aus Gräbern, sei es aus Zimmern,
rühme er Fingerring, Spange und Krug.[32]

Auch in Palermo begegne ich dem Mythos wieder. Die insistierende Gegenwärtigkeit der Erfahrung, die mit dem Klang der Verse Rilkes verbunden war und mit der Stimme, die sie las, ist hier fern gerückt. Was mag es in dieser Stadt bedeuten, den letzten Dingen mit einer ästhetischen Haltung zu begegnen? Das Leben der Straßen und Plätze rückt an die Stelle des ländlichen Gartenraums, den ich als Szene einer an Orpheus geknüpften Erfahrung ebenso erinnere wie das Bardo-Museum in Tunis. Worauf verweist der Mythos? Im Kern auf die Hoffnung einer Überwindung des Todes durch den Gesang und also auf eine Aufhebung von Natur in Kultur. Ist nicht gerade im unumgänglichen

Scheitern dieser Anstrengung die spezifische weltgestaltende Kraft der Künste begründet? Ihr Versprechen: eine Überwindung von Metaphysik, ohne sie zu ersetzen. Der Gewalt des Todes kann nicht widersprochen werden, aber wer durch die Erfahrung des Abschieds hindurchgegangen ist, die der Mythos vor Augen stellt, der kann die »weitere Natur« gewinnen, die Orpheus in Rilkes Versen zugeschrieben wird. An beiden Welten teilzuhaben, aus »Gräbern und Zimmern« zu sprechen, ermöglicht es, dem Vorkommenden in anderer Weise zu begegnen: »Kundiger böge die Weiden, wer die Wurzeln der Weiden erfuhr.« Nicht Zweckfreiheit charakterisiert in dieser Perspektive das Schöne, sondern der Versuch, der Endlichkeit des Daseins mit den Mitteln der Künste zu widersprechen, und eine andere Dichte des Weltbezugs, die dem unumgänglichen Scheitern dieser Bemühung entspringt. Auch wenn Orpheus die geliebte Eurydike wieder verliert, nachdem er sie durch seinen Gesang zurückgewonnen hatte, so ist seiner Kunst doch die Kraft eigen, belebte und unbelebte Natur um ihn zu sammeln – als eine Landschaft, der wir uns im Gang durch die europäische Kunstgeschichte zuwenden können.

Pietro d'Asaro, der, wie eine kleine Tafel neben dem Gemälde im *Palazzo Abatellis* informiert, von 1579 bis 1647 gelebt hatte, setzte Orpheus als Geigenspieler ins Bild, dessen androgyne Züge frappieren. Die durch den Klang der Musik herbeigerufenen Vögel schwirren in einem düsteren Abendhimmel, der eine pastorale Szene überspannt: ein Flöte spielender Hirte im Bildvordergrund; ein Einhorn hat sich in den Kreis der Tiere geschmuggelt, und vor den Augen eines regungslos in die Welt blickenden Katers flattert ein Schmetterling. – Er hat nichts zu befürchten. Das Gemälde gibt uns eine kleine Welt im Bann des Geigenklangs zu entdecken. Eine Welt, die ihre Einheit nicht nur durch die Musik, sondern auch durch die Lichtführung gewinnt, die auf den Einfluss Caravaggios auf den Maler dieser orphischen Szene hinweist, der durch seine Altarbilder auf Sizilien bekannt geworden ist. »Wir sollen uns nicht mühn« – erinnere ich die Verse Rilkes – »Um andre Namen. Ein für alle Male ists Orpheus, wenn es singt.«[33] Mit der lyrischen Welt, die ich im Garten von La Nallière erlebte, verbindet sich in Palermo ein Realismus der Darstellung. An ihm, so denke ich, werde ich meine Wahrnehmung schulen.

Gegenstand und Abstraktion

»Wie«, fragt Matteo und richtet einen gleißenden Scheinwerfer auf mein Gesicht, »kann Photographie unserer Herausforderung durch den Tod gerecht werden?« Ich wusste nicht recht, wie ich mich vor dem weißen Hintergrund positionieren sollte, während er die Beleuchtung justierte. »Ich habe über deinen Wunsch nachgedacht, etwas zu deinem Buch beizusteuern. Was könnte mein Beitrag zu einer Ästhetik des Abschieds sein?« Schließlich kniete ich, die Hände auf die gespreizten Oberschenkel stützend, vor der Kamera in einem leeren Raum. Er war genau umschrieben und schien durch das Licht doch grenzlos. Am Rand des Studios sah ich einen ausrangierten Marmorsockel – nichts als eine Requisite. »Den Moment, in dem das Leben abbricht«, höre ich Matteo sagen, »finde ich in deinem Manuskript als eine Wahrnehmung beschrieben, in der höchste Konkretion und höchste Abstraktion in eins fallen. Vielleicht kann meine Arbeit an diesem Umschlagpunkt ansetzen. Als mir klar wurde, welche Bedeutung ästhetische Landschaftserfahrung für das von dir vorgeschlagene Denken des Abschieds hat, kam mir auch die Geschichte des Natur- und des Kunstschönen in den Sinn. Doch den Künsten ist es lange schon nicht mehr um eine Nachahmung der Antiken oder der Natur zu tun – in denen ihre Theoretiker ewig gültige Muster des Schönen zu finden glaubten. Das skulpturale Ideal eines aufrecht stehenden, allseitig entwickelten Menschen ist ebenso zerbrochen wie die Idee einer harmonisch geordneten Natur.« Und künstlerische Positionen sind keine Ausgeburten des reinen Geistes mehr, sondern mediale Zeugnisse einer fortgesetzten Tätigkeit, einer Arbeit in den Sprachen und an den Bildern der Welt – denen sie fortwährend neue hinzufügen. Sind sie nicht Effekt ästhetischer Erfahrung ebenso wie einer realistischen Einstellung der Welt gegenüber? – Und des Durchgangs durch das Archiv der Überlieferung, die uns die gegenwärtige Welt mit ihrem tiefgestaffelten Hintergrund erst zu sehen gibt?

Öffnete ich die Augen, die ich des Gegenlichts wegen zumeist geschlossen hielt, erahnte ich eher die Konturen der Dinge, die mich umgaben, als dass ich sie klar erfassen würde. Es war, als würde ich mit verkniffenen Augen in die Sonne blinzeln. Je länger ich auf dem Plateau kauerte, auf dem Matteo mich platziert hatte, desto mehr erschien es mir als eine Landschaft: Ein Stück Mauer erkannte ich, einen Türrahmen, der wohl aus Holz gefertigt war, Obst in einer irdenen Schale, neben Flaschen und Gläsern und einen Vorhang, der, verfing sich der Wind in ihm, von Zeit zu Zeit aufbauschte. Der Boden war mit farbig lasierten Kacheln ausgelegt, die sich zu einem floralen Motiv fügten.

In diese Szenerie verwoben, erklingt – bald ferner, bald näher – die Stimme des Freundes: »Eine Ästhetik des Abschieds weist den Menschen an der Grenze, an der das Leben abbricht, gerade nicht in Naturzusammenhänge zurück. Und das Schöne, das dem Ende, wie du schreibst, eigen sein kann, ist wohl kaum als Erscheinen eines Göttlichen oder mit Blick auf Regelwerke seiner Fabrikation zu erfassen. Wie aber könnte ich eine Schönheit ins Bild setzen, die im Ende unserer Existenz bisweilen aufscheinen mag? Schnell merkte ich: Alle Motive, die mir in den Sinn kamen, um den Tod zum Gegenstand der Photographie werden zu lassen, stünden rein illustrativ neben dem Text. Die Bilder blieben resonanzlos, hätten keinen Bezug – weder zu den Worten noch zu dem Menschen, der ihr Anlass war: zu deinem verstorbenen Freund, zu einem Mann, den ich nicht kannte, der mir aber von Erzählung zu Erzählung vertrauter geworden ist. Habe ich mich nicht G. angenähert, während du dich von ihm entferntest? Sicher: Ich könnte aus der reichen Ikonographie der menschlichen Sterblichkeit schöpfen. Symbole und Allegorien zitieren, Bilder variieren. Doch würde ein bloßes Setzen auf kunsthistorische Referenzen der Aufgabe gerecht, vor die du mich gestellt hast? So wie der Reisende in deinem Buch, wie du als dessen Autor an der Sprache arbeitest, möchte ich an den Bildern arbeiten, um mich an die Erfahrung des Abschieds anzunähern, möchte ich mich in die Gegenstände eines Lebens versenken, ganz so wie du an seinen Worten feilst.«

Auf einem kleinen Holztisch neben mir befinden sich eine Schale mit Wasser und ein Rasierapparat. Messer, Pinsel und Schaum sind zurechtgelegt. »Setze dich ins Profil«, sagt der Freund, »und nimm Haltung ein. Mit meinen Aufnahmen ziele ich auf eine Durchdringung des Vorkommenden und möchte zugleich einen Spielraum der Einbildungskraft eröffnen. Sehen und Denken, sicherlich, aber auch: Messen und Zaubern. Entfalten sich die Künste nicht gerade auch in den Ritualen, mit denen wir den dünnen Firnis einer rational geordneten Welt durchbrechen, um zu existentiellen Begründungen unserer Kultur vorzudringen? Drehe den Oberkörper etwas«, verlangt er mit fester Stimme, »damit man die Brandwunde an deiner linken Brust deutlich sehen kann. Sie wird verheilen. Verschränke deine Hände jetzt hinter dem Rücken. Ich werde sie binden. Dein Schulterblatt werden wir tätowieren. Nimm dich nun selbst wieder in den Blick und achte darauf, dass dein Körper durchlässig wird.« Ein Mann, den mir Matteo noch nicht vorgestellt hatte, tritt hinzu. – Um einiges kräftiger und trainierter als ich selbst, wohl um die 30 Jahre alt. Ein kurzer, sprachloser Gruß, ein Einvernehmen, und schon drückt er mit der Hand meinen Kopf auf die Brust, führt meine rechte Hand auf die linke Schulter. Die Haut ist gespannt und der Atem ruhig. In Erwartung eines Schmerzes. Seiner Auflösung. Ich höre das Klicken der Kamera. Einmal, zweimal. Und ich spüre: Die Tätowiernadel wird angesetzt, um eine erste Linie zu ziehen. – Den Beginn eines Schriftbildes, das die angespannte Haut nach und nach bedecken wird. Wenige Minuten nur dauert diese erste Geste, mit der eine in die Zukunft hinein fortzusetzende Arbeit eröffnet wird: Hatte ich den Entwurf dieser Zeichnung nicht bei meinem ersten Besuch in Matteos Atelier gesehen? Die Linie war da und trennte – mehr war nicht unter das Blatt geschrieben.[34] Um sterblich zu werden, hatte ich hinzugesetzt, müssen wir für das Leben durchlässig sein und unsere Körper beschriften. Ich spürte: Die Fessel wurde gelöst.

»Wir suchen« – höre ich den Freund sagen, der näher an mich herangetreten zu sein scheint – »eine Bildsprache zwischen Gegenstand und Abstraktion.« Mit dem Elektrorasierer sind die Haare rasch gekürzt. Eine Glatze wurde mir bisher noch nicht geschoren. Schaum wird auf dem Schädel verteilt und die Klinge angesetzt. »Schicke mir, wenn du wieder in Frankreich bist, Aufnahmen von Dingen eures Lebens. Suche bedeutende Gegenstände, die eine besondere Geschichte haben – so verschlüsselt diese auch sein mag. Vielleicht fängst du jetzt an, sie zu erzählen und so die Liste der Dinge zusammenzustellen, mit denen ich arbeiten kann.« Das immer bruchstückhafte und beschränkte Verzeichnis eines gelebten Lebens. Was mit diesen Bildern geschehen soll? »Ich werde zunächst die jedem Objekt charakteristische Farbe bestimmen, um den Bilddateien dann je ein Pixel zu extrahieren. Aus dieser Farbreduktion möchte ich neue Bilder generieren: Rahmen, die unsere Erinnerungen und Vorstellungen fassen, und Tafeln, in deren Betrachtung wir versinken könnten, da nichts uns mehr einen Halt gibt.« Es sei denn die nuancierte Abstufung der Farben selbst.

In regelmäßigen, kraftvollen Zügen gleitet die Rasierklinge über die Kopfhaut. Zunächst parallel zur Richtung der Haarwurzeln, dann – ein zweites Mal – dieser gegenläufig. In Gedanken stelle ich die Liste der Dinge zusammen, die Matteo mir abverlangt. Manche Gegenstände tauchen direkt in meiner

Vorstellung auf, andere folgen auf das Bild eines Ortes, an den mich meine Erinnerung zurückführt. Andere wiederum finde ich auf einem imaginären Gang durch das Haus, in dem ich mit G. die letzten Jahre gelebt hatte: Zimmer für Zimmer durchstreife ich, einen Gegenstand wählend und wieder verwerfend, einen anderen lange wägend und mir die Geschichte, die sich mit ihm verbindet, ins Gedächtnis rufend. Mit dem Rasiermesser werden die Nackenhaare ausgeputzt und der Bart in Form gebracht – an Mundwinkeln und Kinn spüre ich die Klinge, den Kopf nun in den Nacken gelegt und an der Stirn gehalten, bevor sie über die Kehle hinweg tiefer geführt wird. Blut quillt sachte aus der leicht geritzten Haut und ich höre den Auslöser klicken. »Eine Jasminblüte«, sage ich schließlich, und der Freund beginnt, seine Arbeit an der Kamera unterbrechend, eine Liste zu erstellen und mich über die Dinge auszufragen, die ich ihm nenne.

Jasmin | Tunis   **Muschel** | La Réunion   **Ring** | Nizza

der | Lissabon   **Stein** | Noirmoutier   **Öl** | Chios

Anzug | Nantes

Apfel | London

Jeans | Berlin

ck | La Vendée   Figur | Conques   Rose | Neapel

Parfume | Paris

Stiefel | Les Landes

Leinen | La Nallière

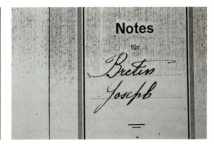

s | Marseille   Archiv | Erzgebirge   Matrioschka | Kiew

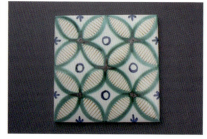

Wein | Straßburg   **Kachel** | Salina   **Gewand** | Marrakesch

Die Kraft der Dinge

Ich erinnere mich: Besucht man Trödelläden, die sich auf Wohnungsauflösungen spezialisiert haben, tritt vor Augen, was vom Leben übrigbleibt. Die Sammlung von Kunstdrucken, die das Wohnzimmer zierten, die immer gleichen Tassen, Teller und Kannen für den Nachmittagskaffee an den Küchentischen. Ihre mit Urlaubskarten, Reiseerinnerungen und Krimskrams gefüllten Schubladen wurden nach dem Tod dessen geleert, der in den hier versammelten Möbeln vielleicht über Jahrzehnte gelebt hatte. Ein Leben, das man sich als individualisiert denken möchte, gibt sich hier als vom Zeitgeschmack standardisiert zu erkennen. Gleichwohl: Der Sinn eines Lebens, der sich in der Erinnerung an den verdichtet, der seine Gewohnheiten nicht mehr mit uns teilt, erschließt sich nicht nur in den Worten, mit denen wir es belegen, sondern gerade auch in den Dingen, die es bezeugen. In Dingen, denen eine besondere Bedeutung anhängt und die uns zu einer Auslegung aufrufen.

Dinge waren darunter, die von Hand zu Hand weitergegeben und mit neuen Geschichten verbunden werden: wie diese Kerzenleuchter aus Silber, die schon am Totenbett der Großmutter gestanden hatten und auch nun gute Dienste leisteten. Als die Kerzen erloschen waren, galt es die Dinge zu ordnen. Sich von den Schuhen zu trennen, die niemanden mehr durch das Leben tragen sollten, von den Hemden und Hosen, die in den letzten Monaten nur noch mit einem Gürtel den schmächtiger gewordenen Leib kleideten. Ein Container nahm Säcke mit Kleidung auf, die G. in den letzten Jahren aufgetragen hatte. Er hatte sich nie von ihnen trennen können. Unter den Dingen, die es zu sichten galt, waren Stücke, an die alle Geschichten dieses Lebens angelagert waren: Ein Strickpullover erinnerte die Kindheit, eine Jeanshose die gemeinsame Entdeckung einer bis dahin unbekannten Stadt. Und das Ledertäschchen mit dem Schuhputzzeug, das so leicht in jedem Gepäck Platz fand. Dinge waren es, die nur mir etwas bedeuteten, und die, unscheinbar nur auf den ersten Blick, dem Gedenken Anlass und Struktur gaben. Einige Anzüge werde ich umnähen lassen, zu Zeichen der Erinnerung an einen Lebensstil, die, auf den Leib angepasst, gut sitzen sollen.

Am Strassenrand

Drei, vier Kartons, Plastiktüten und Taschen. Zuerst sah ich nur die beiden Hunde; abgemagert und stoisch waren sie, wie so viele, die mir täglich auf Palermos Gehsteigen begegnen. Erst dann fällt mein Blick aus dem Augenwinkel heraus auf den Mann, der sich in diesem Hauseingang eingerichtet hatte. Kaum vor neugierigen Blicken geschützt: ein schlafender Körper. Das Alter? Unsagbar. Von Armut und von der Straße gegerbte Haut. Ein markantes, doch ermattetes Gesicht. Am frühen Morgen führt mein Weg regelmäßig an dieser improvisierten Wohnstatt vorüber. Am Straßenrand, nur wenige Schritte von der mondänen Welt der *Via della Libertà* entfernt. Die Adresse: Ein aufgegebenes Bürogebäude aus den siebziger Jahren in der *Via Francesco Crispi*. Diese verbindet das alte Hafenbecken *La Cala* mit dem *Monte Pellegrino* und der Höhle der heiligen Rosalia – der Stadtpatronin, zu der die Bewohner Palermos mit ihren Sorgen und Bitten pilgern. Auf der Treppenstufe, vom Bürgersteig abgewandt: einige Habseligkeiten. Zwei Photographien in goldglänzenden Rahmen. Portraits aus einem anderen Leben. Ob sie Verwandte oder Freunde zeigen? Pflanzen, in Konservendosen gesetzt. Der Einkaufswagen eines Supermarkts: In ihn wurde ein ganzes Leben verstaut. Eine Schale steht zu meinen Füßen, in die ich, unbemerkt, wie andere Spaziergänger vor mir, einige Münzen lege. Ich hatte mich an diese überkommene Geste der Christenpflicht gewöhnt, die hier in Palermo noch ihren Platz im Alltag der Menschen hat. »Der letzte Bewohner dieser Stufen«, berichtet Matteo, »hatte nur einen Hund bei sich. Er saß seinem Herrn, dessen Tod zunächst unbemerkt geblieben war, noch über Stunden zu Füßen. Dann hatte er sich schließlich doch auf den Weg gemacht. Manchmal begegne ich ihm wieder im nahen Park von *Castello a Mare*. Ein neuer streunender Bewohner dieser Stadt.« Die Dinge, die er mit dem Körper dessen zurückließ, den er über Jahre begleitet hatte, waren rasch beiseite geräumt worden. Ebenso rasch war diese Leerstelle wieder bezogen. Von diesen Hunden und ihrem Herrn. Gestorben wird hier. Unbeobachtet. Noch schläft er. Sie aber heben den Kopf und verfolgen den Gang meiner für einen Moment verlangsamten Schritte. In Gedanken wende ich mich ab, kaum ist die Nische passiert, und auch die Hunde verlieren das Interesse. Wie lange sie wohl noch hier ausharren werden?

Ruhige Tätigkeit

Nein, wir hatten die Ratgeberliteratur nicht gelesen. Nicht die Ernährungstipps der Wunderheiler, nicht die Handbreviere für ein besseres Lebens – zu deren Autoren neben leichthändigen Glücksakrobaten heute wohl auch der römische Philosoph Seneca gerechnet werden muss. Ist die Lektüre seiner *Von der Kürze des Lebens*[35] überschriebenen Reflexionen über den Tod heute nicht vor allen Dingen etwas für ausgebrannte Manager in der *Midlife crisis*? Auch wenn wir uns in einem ländlichen Leben eingerichtet hatten, hat G. den Rat Senecas nicht beherzigt: In einen »stillen Hafen« wollte er sich keineswegs zurückziehen.[36] Arbeit blieb ihm in den ersten Jahren, die er mit dem Krebs lebte, so wichtig wie stets zuvor. Sie war ihm ein Ausdruck der Unversehrtheit. Sich an den Gedanken zu gewöhnen, ein Leben als Invalide zu führen, brauchte Zeit – groß war die Angst, nun auf den Status als Kranker reduziert zu werden. So setzte der Freund, auch als er mit seinen Kräften haushalten musste, weiterhin auf Tätigkeit: Leder zu bearbeiten wäre ihm in seinen letzten Tagen eine Freude gewesen, das Handwerk des Sattelmachers zu erlernen eine Herausforderung, der er sich gerne noch gestellt hätte.

Gegen Arbeit und Unruhe setzt Seneca die Muße eines Lebens in »sorgenloser Ruhe«.[37] – G. hingegen plädierte täglich für eine ruhige Tätigkeit – im Rahmen des Möglichen. Statt, wie Seneca empfiehlt, sich auf das zurückzuziehen, »was ruhiger, was sicherer, was erhabener«[38] ist, um Wichtigeres als das zu finden, was das gesellschaftliche Leben bereithielte, suchte er neue, durch die Erfahrung der Krankheit erschlossene Dimensionen seines Daseins in diesem selbst zu leben. Denn was wäre der Gewinn eines abgeschiedenen Lebens? Seneca nennt neben anderen vermeintlichen Qualitäten: Tugendhaftigkeit, Beherrschung der sinnlichen Begierden und eine »sichere Kunde über Leben und Sterben«.[39] Anders gesprochen: weltferne Langeweile. Weshalb sollte man sie sich im Zeichen der Krankheit zumuten? Das wahre Leben gilt es für Seneca jenseits der *vita activa* zu finden, die er als eine Vergeudung von Lebenszeit schildert. Nicht das Leben des Menschen sei kurz, wie etwa Hippokrates beklagt habe, sondern der Mensch selbst verkürze es, wenn er es nicht richtig gestalte. Auf die verschiedenen Qualitäten der Erfahrung des Lebens hingewiesen zu haben, ist Senecas Verdienst. So gelte es, nicht erst mit dem Leben anzufangen, wenn man mit ihm aufhören müsse – im hohen Alter –, und sich der Endlichkeit des Daseins stets bewusst zu sein. Das wahre Leben – an Introspektion und Konzentration gebunden – entkoppelt Seneca von der Lebenszeit. Man dürfe nicht meinen, »die grauen Haare und die Runzeln« gäben einen »hinlänglichen Grund zu glauben, es habe irgendeiner lange gelebt: nicht lange hat er gelebt, er ist nur lange dagewesen«.[40] Vielmehr müsse man sich für das Leben entscheiden, das uns im Übermaß alltäglicher Geschäftigkeit nicht mehr begegne. Und nicht nur für das Leben. Diese Lektion Senecas hatte ich gelernt: dass man sich die Endlichkeit des Daseins zu vergegenwärtigen hat, um das Leben vollumfänglich zu leben – und dass man leichter in den Tod geht, wenn man das Gefühl hat, sein Leben, wie kurz oder lang es auch währt, ausgeschöpft zu haben. Doch kann man wirklich ein »wahres Leben«[41] von der bloßen Zeit geschäftigen Daseins unterscheiden, beide gar voneinander abtrennen, wie Seneca es tut? Muss man, im Gegenteil, nicht voll in die gesellschaftliche Sphäre eintauchen, und ist für einen modernen Menschen Lebendigkeit nicht gerade dort zu finden? Es gilt nicht mehr, dem Tod von einer Erfahrung der Wahrheit aus zu begegnen, zu der Seneca uns anleiten möchte, sondern dem Leben mit einer Erfahrung des Todes entgegenzutreten – und so zu einer weltgesättigten Sterblichkeit zu gelangen.

Die Qualitäten eines Weisen, sind sie nicht auch in den Straßen und auf den Plätzen der Städte zu finden, in einem tätigen Dasein, das sich seiner Endlichkeit bewusst ist? Im Umgang mit der Zeit, so Seneca, erweise sich die Qualität des Lebens und ob man – unabhängig von der Dauer – ein langes Dasein sein eigen nennen könne. Was zeichnet einen weisen Mann aus? »Laß eine Zeit vorüber sein: er umspannt sie mit seiner Erinnerung; laß sie gegenwärtig sein: er nutzt sie aus; laß sie zukünftig sein: er macht sie im voraus sich zu eigen. Die Zusammenfassung aller Zeiten macht ihm das Leben lang.«[42] Könnte dies nicht eine Richtschnur sein, an der das kommende Leben auszurichten wäre? Wäre so nicht der Gewinn zu formulieren, der aus der Erfahrung des Abschieds gezogen werden kann? Stets alle Zeiten zusammenzufassen – ein schwieriges Unterfangen. Ich möchte mich in meiner nun anbrechenden zweiten Lebenshälfte zumindest daran versuchen.

Selbstanamnese

Wann begann die Erinnerung zu verblassen? Waren es zwei, waren es sechs Monate, die vergehen mussten, bis die drängende Präsenz des Abschieds schwächer geworden war? Nun trat das Gespür für die eigene Verfassung zurück hinter die Begriffe, mit denen der sich beim Leben selbst in den Blick nehmende Beobachter diese nach und nach belegt hatte. Doch schreibt sich diese Trauer, die dem Abschied eigen ist, gleichwohl in ein Körpergedächtnis ein, das über die Spanne dieser existentiellen Erfahrung hinaus wirksam bleibt? – Gibt es ein Trauergedächtnis, wie es ein Schmerzgedächtnis des Körpers gibt, in das sich die Leiden einschreiben und so als chronische abrufbar werden? Was bleibt von der inneren Ruhe, durch die meine Konfrontation mit dem Sterben ausgezeichnet war und die möglich werden ließ, dem Unausweichlichen mit einer liebevollen Gelassenheit zu begegnen? Was bleibt von der Leere, die sich im Körper auszubreiten schien, war die psychische Anspannung erst einmal abgefallen – auch wenn das Ereignis des Todes noch lange nicht begriffen war? Von der Präsenz des Abschieds zum Begriff des Todes ist es ein weiter Weg. Ihn zu gehen, lehrt einiges über das Verhältnis von Körper und Geist, von Sexualität und Sprache in der Erkenntnis der Welt, über ein Wissen, das der Erkenntnis vorausgeht. Beide überlagern sich in der Spanne des Abschieds, verfassen den Bezug zur Welt in unterschiedlicher Weise, bis die eidetische Einsicht in den nicht zu hintergehenden Abbruch des Lebens einer logozentrischen Fixierung Platz macht. Erst spät installiert sich mit ihr das unglückliche Bewusstsein. Es ist von Wut und Ermattung, von Verzweiflung gar, unterschieden, mit denen auf den immer ungerechten Tod in anderer Weise zu reagieren wäre. Das unglückliche Bewusstsein bremst den freien Lauf der Emotionen, ordnet die Bilder und Gesten des Abschieds ein und hat Anteil daran, die übermächtige Präsenz des Sterbens in das kulturelle Gedächtnis zu überführen, das die Erinnerung an das abgebrochene Leben bewahrt. An ein Leben, das sich im Abschied zu seinem gültigen Bild verdichtet. Unglücklich zu sein, ist eine Tönung des Gemüts, die auf dessen Beschreibung in der bewussten Selbstanamnese übertragen wird. So lebt es sich gut mit einem unglücklichen Bewusstsein, besser als mit einer vorbegrifflichen Trauer. Ersteres bindet den, der bleibt, an das kommende Leben, letztere an den Verstorbenen, den sie adressiert, als sei er weiterhin ein Teil der Welt.

Von Zeit zu Zeit bricht sie auf, unvorhersehbar. Von Zeit zu Zeit bricht sie auf, mit einer eigentümlichen Tiefe der Empfindung, die sich mit dem Gefühl der Unsicherheit verbindet. Wie ist dem nun alleine zu führenden Leben zu begegnen? Von Zeit zu Zeit bricht sie auf und versiegt wieder. Das unglückliche Bewusstsein spricht sich hingegen in der Suche nach angemessenen Bildern in der Sprache aus. Schemenhaft sind sie, dann wieder bestechend scharf gezeichnet, panoramahaft und vage, dann wieder fokussiert. Gestern registrierte ich zum ersten Mal, was ich vor Wochen noch für undenkbar hielt: eine diskrete Leichtigkeit des Lebens. Ein seit Jahren nicht gekanntes Gefühl kehrt zurück. So wie ich strahle, sagte eine Stimme neben mir, müsse ich wohl einen sehr schönen Abend verbracht haben. Auch die Krankheit, der mir so vertraut gewordene Begleiter, macht sich also langsam davon.

Lyrisches Weltverhältnis

Wie kaum etwas verweist die begleitende Erfahrung des Todes auf das Leben – jedoch nicht auf das nackte Leben, sondern auf seine kulturellen Prägeformen. Ist unter diesen die Dichtung nicht eine der angemessensten? Verse, die in ihrer Sprachform höchsten Sinn auf engstem Raum zu hören geben, scheinen dem Sterben in besonderer Weise Ausdruck verleihen zu können. Durch eine Konzentration, in der sich Verdichtung mit Weite verbindet und die dabei immer auch sich selbst als Sprache zum Gegenstand hat. Gegenpol des Sterbens ist nicht Lebendigkeit – die in ihm in einer letzten Sammlung von Kraft an ihr Ende kommt –, sondern Form; der Abschied zwingt, wenn er gelingen soll, zu Haltung, die jedoch von *energeia* durchwoben und so keine starre Rüstung ist, sondern ein kulturelles Gewand, in dessen Falten sich das bewegte Leben abdrückt.

Das Lyrische, so notiert Eugen Gottlob Winkler in einem Essay über Hölderlins späte Dichtung, sei gegenüber dem summierenden Prosaischen eine Steigerung, ein »Mehr an Genauigkeit und Ausdrucksmöglichkeit«. Ein einziger Vers könne «den Blick auf weiteste Landschaften öffnen. Der lyrische Ausdruck *bedeutet* nicht nur – er *ist*.«[43] In der Dichtung, so Winklers Beobachtung, mache sich das »mächtig werdende Wort« selbständig und stoße »in Dunkelheiten hinein, in die der Verstand ihm nicht mehr zu folgen vermag«.[44] Lyrik,

mehr als eine Kunstform, entspringe einer »bestimmten geistigen Haltung, die sich eine ganz bestimmte Lebensform schaffe«.[45] So aufgefasst, reicht die Beschreibung der Elemente, durch die Sprache auf die Erfahrung des Ephemeren antwortet, über den Gegenstandsbereich einer Poetik hinaus und wird zu einer literarischen Anthropologie, die das flüchtige Leben zu fassen sucht. Als solche ist das Lyrische auch in anderen Gattungen der Literatur eingelassen, wie diese in das Feld des Wissens um den Menschen. Wodurch zeichnet sich ein solches Wissen aus? Wo den idealischen Deutungen des Lebens misstraut werde, so Winkler an anderer Stelle, sei eine »Hinwendung zum einfacheren, ungebrochenen Dasein«[46] zu verzeichnen. Hölderlin ist ihm der Gewährsmann für diese Beobachtung, habe dieser doch in der späten Phase seines Lebens den »Beistand des Vorhandenen« gesucht. – Und die Wirklichkeit der Landschaften und die mit »Leidenschaft betrachteten Dinge« gefunden, die nur ein zwischen den Grenzen irrender, im Hiesigen heimatloser Mensch beim Namen nennen könne:

Will einer wohnen,
So sei es an Treppen,
Und wo ein Hauslein hinabhängt
Am Wasser halte dich auf.
Und was du hast, ist,
Athem zu hohlen.
Hat einer ihn nemlich hinauf
Am Tage gebracht,
Er findet im Schlaf ihn wieder
Denn wo die Augen zugedekt,
Und gebunden die Füße sind,
Da wirst du es finden.[47]

Eine Literatur, die sich der Wirklichkeit zuwendet, um der Erfahrung dieses flüchtigen Lebens gerecht zu werden, zielt darauf – wie hier Hölderlin – schlichte Erfahrungen auszusagen. Mit dieser thematischen Orientierung auf Einfachheit der Erfahrung korrespondiert eine Aufmerksamkeit für Genauigkeit der Wahrnehmung und Dynamik der Darstellung. So beobachtet Winkler an Hölderlins jambischen Vierzeilern, was als Stilideal auch seiner Prosa und als

Orientierungsmarke eines im Zeichen der Literatur geführten Lebens gelten mag: »Doch keiner der Verse ist starr. Ein eigentümlicher untergründiger, zarter und spiritueller Rhythmus durchlebt ihr festes Gefüge, umfaßt auch die hin und wieder sich einstellenden Unebenheiten des sprachlichen Ausdrucks und wirkt auf sie ein, als stelle er sie in den Dienst einer besonders gesuchten Genauigkeit.«[48] Ausgerichtet sind diese Literatur und ein durch die Erfahrung des Flüchtigen hindurchgegangenes Leben an einem »schlichten Erzählen und Hören«.[49] Für dieses gilt Winkler ebenfalls Hölderlin als vorbildlich:

»Genügt es nicht, die Dinge einfach beim Namen zu nennen? [...] Indem die Erscheinung getreulich betrachtet wird, angeschaut von der empfindlichen und zutiefst ergreifbaren Seele des Lyrikers, bis sich ihr hinter-physisches Wesen der Sprache zum Ausdruck ergibt, ist das Äußerste, das noch gesagt werden kann, erreicht.«[50]

Nicht nur die Benennungen, die Dinge selbst gewinnen an Gewicht in der Erkenntnis der Welt: An ihrer »Konkretheit [erweise] sich ein Sein, das glaubwürdiger ist, wenn zugleich auch unerklärlicher als jenes, über das uns die Reflexion belehrt.«[51] Der Gewinn, der aus der Erfahrung des Abschieds gezogen werden kann, ist eine neue Aufmerksamkeit für die Objektwelt. Auch wenn die Dinge keineswegs von Eindeutigkeit bestimmt sind – gerade die Natur werde nun fremd und übe durch »ihre vertraute Erscheinung hindurch auf den Dichter einen magischen Bann aus«[52] –, so sind es doch die Dinge des alltäglichen Lebens, an deren Gegenständlichkeit ein der Erfahrung des Nichts konfrontiertes Bewusstsein Halt finde:

»Ich mußte mich plötzlich an etwas erinnern, das lange zurücklag. In Zuständen von Verwirrung und Bedrücktsein war es mir immer erschienen als etwas Richtiges und Klares, dessen Gegenwart im Geiste mich stets erleichterte und erhob. Es war dies ein alter riesiger Tisch, der in einem Zimmer stand, das ich einmal einen Sommer lang in Florenz bewohnt hatte. Der Boden war mit kühlen roten Fliesen belegt. Durch die geschlossenen Fensterläden drang gedämpftes Licht. Während ich morgens Stadt und Landschaft durchstreifte, pflegte ich nachmittags, während der heißen Stunden, mit Ausschließlichkeit und einem unbeschreiblichen Entzücken Platon zu lesen.«[53]

Wahrnehmungsphänomenologie verschwistert sich in Winklers Schreiben mit einer in die Wirklichkeit gewendeten Metaphysik der Dinge. Aufmerksam für den Gang der Gedanken beim Lesen, fällt der Blick auf das »ruhige Rot«

einer Frucht, in dem Moment, in dem Platon im *Phaidros* die Worte findet, »mit denen er das Übersinnliche, selbst wo es unfaßlich scheint, noch ergreift und mittelbar macht«.[54] Lesen und Sehen, Sprache und Bild, Zeichen und Ding sind hier also in ein enges Verhältnis gesetzt. In der Konstellation der Dinge zueinander, von Zweck, Bedeutung und Stofflichkeit entkleidet, erkennt der Erzähler den Ausdruck des – nicht in Symmetrie begründeten – Schönen, eine besondere Ordnung, die als Farbe und Form gültig sei. Mit den Dingen werden die Bilder aufgewertet, die in Hölderlins Dichtung – so Winklers Beobachtung – einen immer unabhängigeren Platz einnähmen. Weshalb dies? Das der Vernunft entzogene Unfaßbare entschleiere sich in der Anschaulichkeit des Bildes, das in einer paradoxen Gestalt – »dunkles Licht« etwa in »Andenken« – zugleich »die Greifzange [sei], mit der die Sprache die Anschauung packt«.[55] Dinge und Bilder – sie sind hier mehr als Motive oder Stilmittel der Dichtung, und ihre Aufwertung zielt nicht allein auf ein Residuum von Metaphysik in den Künsten. Neben die in der Moderne unwiederbringlich zerbrochene Idee des Schönen tritt eine realistische Haltung dem Vorhandenen und Vorkommenden gegenüber. *Exit Diotima*. Vom Idealischen führt Winklers Weg zu einer Sprache, in der ein Mensch aus sich heraustritt. In der er – durch die Erfahrung des Abschieds hindurchgegangen – der Welt mit einer lyrischen Haltung begegnet und sich mit ihr Schritt für Schritt in ein neues Verhältnis zu setzen hat.

Der Rest

Alleine war ich nach Palermo gekommen, und alleine durchstreife ich die Straßen einer Stadt, die mir nach und nach zum Emblem einer Kultur des abgründigen Daseins gerät. Hier scheint mir der Mensch dem Vorkommenden in einer besonderen Weise ausgesetzt, und das Leiden des *ecce homo*, der an jeder Straßenecke in barocker Opulenz begegnet, in einen tragischen Weltbezug zu übertragen. Seine Metaphysik ist die einer Überschreitung im Leben. Ich setze mich auf das Dach der Kathedrale und lasse den Blick in die Berge schweifen. Im nahen Viertel ist Feuer ausgebrochen. Rauchschwaden steigen auf, sie sind von ephemerer Schönheit. Das Haus, so denke ich, wird wohl in Trümmer gehen. Doch das Bild der Stadt überlagert sich mit Erinnerungen an ein Gedicht und an eine andere Reise, die dieser vorausging. Sie folgte unmittelbar auf den Tod des Freundes. Ich ziehe ein Schreibheft aus der Tasche und notiere erste Entwürfe zu einem Text, dessen Kern eine im Blick auf die entflammende Stadt und die südliche Landschaft aufbrechende Stimmung ist:

> »Auf einem Flug quer über den europäischen Kontinent, das Abendlicht überzieht die sich auftürmenden Wolken mit einem orangenen Schimmer, lese ich in Hölderlins spätesten Gedichten. Leichte Schwaden ziehen vorüber, Wolkenfetzen. Für Berlin kündigt die Stimme im Lautsprecher minus zehn Grad an. Der Blick aus dem Fenster zeigt verschneiten Boden und weiße Dächer. Ich finde die Stadt gedämpft vor, als ich zum ersten Mal seit der Zeit des Abschieds den Fuß in die Straßen setze, auf denen sich unsere Wege beim Zufall einer Begegnung gekreuzt hatten. Die Verse der Lektüre klingen in mir nach, während die Augen über das Weichbild der Stadt wie über ferne Erinnerungen schweifen:

> Wenn aus sich lebt der Mensch und wenn sein Rest sich zeigt,
> So ist's, als wenn ein Tag sich Tagen unterscheidet,
> Daß ausgezeichnet sich der Mensch zum Reste neigt,
> Von der Natur getrennt und unbeneidet.

> Als wie allein ist er im andern weiten Leben,
> Wo rings der Frühling grünt, der Sommer freundlich weilet
> Bis daß das Jahr im Herbst hinunter eilet,
> Und immerdar die Wolken uns umschweben.[56]

Fremd klingt heute Hölderlins Hoffnung auf eine nach dem Abbruch dieses Lebens sich eröffnende weitere Welt. – Eine Frage der Glaubensstärke. Näher ist uns wohl die Beobachtung, dass sich im Abschied dem *Menschen* – den der Titel der Verse programmatisch adressiert – etwas zeige: sein Rest. Ist die Erscheinung des Schönen nicht an diesen Rest gebunden? Ist sie vielleicht nichts anderes als er? Was sich zeigt, ist nicht der Rest eines beliebigen, als Allgemeinbegriff genommenen Lebens, sondern der Rest dieses einen, spezifischen und besonderen, das an sein Ende gelangt. In einem Moment oder einer Zeitspanne, in der ein Mensch aus sich lebt, auf sich zurückgezogen ist und sich in dieser Rückbeugung dem Rest zuneigt. Einem Rest, der von einer Dauer versprechenden Natur unterschieden ist, von der sein Abschied den Menschen abschneidet. Diese Konzentration, die Rückwendung des Menschen auf sich selbst als nunmehr einziger Lebenskraft und die Zuneigung zum Rest des Lebens wird zugleich mit einer Weite verbunden. Ihr ist der Mensch im Abschied als ein einsamer ausgesetzt, den seine Kräfte verlassen, die ein letztes Mal gebündelt werden. Der Rest des Menschen und das andere weite Leben sind der Natur entgegengesetzt, die nicht als Raum des Daseins, sondern als eine Abfolge der Jahreszeiten beschrieben wird. Jahreszeiten, für die in der Spanne des Abschieds die Aufmerksamkeit wächst und die mit der Dauer der Natur, an die ein Mensch sich heften möchte, zugleich die Flüchtigkeit des Lebens ausstellen und die Macht, der wir, in ihm unsere Wege ziehend, unterworfen sind. Das Jahr verrinnt, und seine Zeit ist nicht die des Abschieds: Es sei so, als ob »ein Tag sich Tagen unterscheidet«. – Eine Unterscheidung, durch die dieses eine flüchtige Leben seine Physiognomie gewinnt, bevor der Mensch sich einem zur Sichtbarkeit kommenden Bild mit seiner letzten körperlichen Kraft zuneigt, bevor er aus der Ordnung der Zeit »immerdar« in eine Sphäre des Ephemeren eintritt. Diese findet in den Wolken des Himmels ihre Metapher. Ungebrochen können wir uns nicht mehr auf sie beziehen, auch wenn wir mit Hölderlin an sie glauben möchten. Sie in unserer Erinnerung zu fassen, ist nicht die geringste Aufgabe, die bleibt. Dabei erweist sich konzentrierte Lektüre als hilfreich: Sie erlaubt, die Emotionen zu versachlichen, die im Abschied aufbrechen. Das Schreiben, das auf sie folgt, wird Zeile um Zeile als Exerzitium der Seele betrieben und Philologie, die Liebe zum Wort, als eine Lebensform eingeübt. In unserer alten Kreuzberger Wohnung angekommen, merkte ich: Mir war kalt geworden. Doch der Himmel war hoch und klar, wie er es nur in Berlin sein kann. – Bläuende Öffnung über dem eisigen Dreck. Von Erhabenheit keine Spur. Bald sollte das Jahr zu Ende gehen.«

Seit diesem Flug nach Berlin hatte ich einen Frühling und einen Sommer gesehen, hatte ich das Haus in La Nallière zum ersten Mal winterfest gemacht und ein nomadisches Leben geführt. Wann würde ich wohl zurückkehren? Und wäre es, wenn ich den Fuß wieder über die Schwelle setzen würde, eine Rückkehr? Ich war nach Palermo aufgebrochen, um meine Notizen und Aufzeichnungen ein letztes Mal durchzugehen und meinen Standpunkt im Netz des freundschaftlichen Begehrens neu zu bestimmen. So schien es mir zumindest, als ich mich auf den Weg gemacht hatte. Nun wusste ich: Die Reise sollte ein Abschluss werden. Und ein neuer Anfang.

Ars moriendi

Von Pierre, einem befreundeten Kunsthistoriker erfuhr ich, dass das Wissen um die christliche Sterbekunst des Spätmittelalters im Londoner Wellcome-Museum aufbewahrt wird. Auch wenn säkulare oder religiös gebundene Sterbebegleiter sich auf den Krebsstationen als Gesprächspartner anbieten und diese selbst einen psychologischen Dienst bereithalten – eine *Ars moriendi* hat unsere Epoche nicht mehr zu bieten. Ob ich mich wohl auf den Weg ins Archiv der Überlieferung machen sollte? Doch was könnte ein Agnostiker dort finden?

Das Traktat, von dem der Freund berichtete, wurde um 1400 von einem unbekannten Autor niedergeschrieben und erfreute sich das 15. Jahrhundert hindurch einer so großen Beliebtheit, dass es in Italien vielfach kopiert und illustriert wurde. Neben Dantes *Divina Commedia* wusste sich die *Ars moriendi* als Handbrevier des gottgefälligen Sterbens zu behaupten.[57] Heute würde man sagen, sie war ein Bestseller. So war der Stoff der Sterbekunst auch in das Manuskript aufgenommen worden, das 1931 für das Wellcome-Museum ersteigert worden war, in der Forschung zunächst aber kaum Aufmerksamkeit gefunden hatte. Wohl in Süddeutschland entstanden – die Provenienz ist nicht abschließend geklärt –, ist das Buch als Schlussstein einer bereits aus dem 12. Jahrhundert stammenden Tradition der moralischen Exegese in Text und Bild zu studieren. Sicher: Bücher sind Speichermedien des Wissens, aber in diesem Fall vielleicht mehr noch Meditationsinstrumente. Als solche begleiten sie den über ihren Blätter nachsinnenden Leser durch das gesamte, in der Sicherheit einer geschlossenen Glaubenswelt zugebrachte Leben.[58] Von Gelehrten für Gelehrte geschrieben, brachten diese Sammlungen den geistigen Kosmos ihrer Zeit unter Rückgriff auf unterschiedliche Vorlagen der visuellen Demonstration und ältere Überlieferungen kanonischer Texte zur Darstellung. – So auch das Traktat über die Sterbekunst, das im Wellcome-Manuskript mit einer vollständigen Erzählung der Apokalypse verbunden ist. Über dreihundert Illustrationen und die ihnen zugeordneten Texte geben Seite für Seite nicht nur den Lebensbericht des Johannes und die Prophetie des Antichristen wieder, sondern versammeln daneben wissenschaftliche, zumeist medizinische Folioblätter und Allegorien, Traktate und Darstellungen christlicher Moraldoktrin. Zusammen mit einem Schwesterbuch in der römischen Biblioteca Casanatense kann das Wellcome-Manuskript als eine *spiritual encyclopedia of the later Middle Ages* gelesen werden. – Dies unterstreicht der Kunsthistoriker Fritz Saxl bereits mit der Titelwahl seines in der Zeitschrift des Warburg-Instituts 1941 erschienen Aufsatzes, der Ordnung und Spezifik dieser beiden Manuskripte aufschließt. Was, so fragt Saxl, könne bei einem der moralischen Erbauung seiner Leser dienenden Buchs passender sein als eine Unterweisung darüber, wie den Schmerzen des Todes mit einer christlichen Geisteshaltung zu begegnen sei?[59]

Während im Casanatense-Manuskript nur zwei isoliert stehende Bilder den Stoff der *Ars moriendi* aufgreifen, bildet er im Wellcome-Manuskript das Zentrum der Auseinandersetzung mit den letzten Dingen. Beide Bücher nehmen jedoch die *Visio philiberti* auf, ein Streitgespräch zwischen Körper und Seele, das ein zweites zentrales Element der christlichen Todesvorstellung formuliert. Hintergrund der spirituellen Konjunktur der *Visio*, so vermutet Saxl, sei das Aufleben von Joachim von Fiores' Prophetie über ein nahendes Weltende. Dieses werde durch das Kommen des Antichristen angekündigt, der je nach historischer und politischer Interessenlage, sei es mit dem Propheten Mohammed, sei es mit dem römischen Papst identifiziert wurde. Gerade in Tschechien und Süddeutschland, in von den Hussitenkriegen und anderen Religionskämpfen erschütterten Regionen also, fanden die Lehren Joachims einen Resonanzboden. Mit der *Apokalypse* sind sie der geistige Horizont, in den die Meditation der *Visio* und der *Ars moriendi* einzustellen sind:

»Die ›Visio‹ ist eine Warnung vor Schrecken aus dem Jenseits, die ›Ars moriendi‹ ein Handbuch für die, die im richtigen Glauben sterben. Von dem alten Gedicht zu dem neueren Text ist es nicht weit, obwohl sie so unterschiedlichen Zeiträumen wie dem frühen 13. und dem 15. Jahrhundert angehören. Die ›Visio‹ altert nicht. Das große Thema des Gegensatzes zwischen Körper und Seele hatte seine klassische metrische Form bekommen und die ›Ars moriendi‹ könnte insofern die Aufmerksamkeit der Leser im 15. Jahrhundert erregt haben, als sie Rat zu der Frage enthielt, wie der Körper rechtzeitig Beschwerden der Seele nach dem Tod zuvorkommen könne.«[60]

Den historischen Ort der beiden Manuskripte, die uns unter Rekurs auf *Ars moriendi* und *Visio* die christliche Lehre des Umgangs mit den letzten Dingen und deren Ikonographie überliefern, sieht Saxl zum einen durch den Abstand zur Florentiner Renaissance bestimmt, zum anderen durch den Abstand zu Luther.[61] – Die Gegenden nördlich der Alpen hatten an dem sich im Süden ausbildenden Humanismus noch keinen Anteil. Zur Bildwelt Dürers oder Cranachs, zu den neuen Ausdrucksweisen der Welt der Reformation ist es noch ein weiter Weg.[62] Die Manuskripte sind Abschluss einer Tradition, nicht Renaissance und Aufbruch eines neuen Weltbezugs. – Emotionale, intellektuelle oder künstlerische Originalität, so Saxl, könnten weder Casanatense- noch Wellcome-Manuskript für sich beanspruchen.[63] Sein Interesse ist ein geistesgeschichtliches – wie gehen die Künste mit dem Stoff um? – und ein ikonologisches: In welchen Bildformeln wird er überliefert?

Um den Tod darzustellen, wird im Casanatense-Manuskript ein altes Bildmotiv adaptiert: die Grablegung Christi.[64] Die hier zu findenden Darstellungen des Todes sind jedoch weniger entwickelt als in den französischen *Danses macabres*, stellen sie den Tod doch nicht als Allegorie vor Augen, der Menschen unterschiedlichsten Standes zu den Gräbern führt – und auch ein Tanzrhythmus ist nicht zu finden. So mag es sich also um eine autonome Bildfindung süddeutscher Künstler handeln, auch wenn Saxl anlässlich des Motivs eines Lebensbaums, den Tod und Teufel zu Fall zu bringen suchen, über einen westeuropäischen Einfluss spekuliert.[65] Die Bedeutung des Wellcome-Manuskripts sieht er hingegen gerade darin begründet, dass seine Darstellungen der *Ars moriendi* am Beginn einer Wanderungsgeschichte der Bilder stünde: Sie würden in späteren Holzschnitten, etwa des unbekannten Meisters E. S., aufgegriffen.[66]

Und sind es nicht solche Fragen der Ikonologie, weniger der religiöse Gehalt der Manuskripte, die mein Interesse wecken? Erinnern sie doch an die Notwendigkeit, sich ein Bild vom Tod zu machen, um in der Lage zu sein, mit der Herausforderung umzugehen, vor die er jeden Menschen stellt. – Aber gerade auch den, der nicht mehr in einer geschlossenen Glaubenswelt aufgehoben ist, sein Leben in metaphysischer Obdachlosigkeit führt und seinen Körper nicht mehr als Teil einer göttlichen Schöpfung begreift. Die Kraft der Bilder und die Auszeichnung eines visuellen Wissens, das neben das kanonisierte Wort gesetzt ist, ziehen meine Neugier auf sich, nicht die geistige Situation, in der sie als Muster des Umgangs mit den letzten Dingen entwickelt wurden. Diese ist, unnötig es zu betonen, nicht mehr die unsere, denn mit der Ankunft des Antichristen rechnet in den europäischen Gesellschaften niemand mehr ernsthaft. Und Weltuntergangsszenarien sind nicht an ein religiöses Weltbild, sondern – bis in unsere unmittelbare Gegenwart – an die Katastrophengeschichte der Moderne geknüpft. Diese ist gerade auch in der Literatur und den Künsten zu studieren. Aus ihren Werken können wir Elemente einer neuen Sterbekunst gewinnen: Indem wir uns der Kraft der Lektüre ebenso versichern wie der des Erzählens und einüben, uns in ein Bild und seine Überlieferungsgeschichte zu versenken.

Entkernt

Statt nach London zum Studium der *Ars moriendi* führte meine nächste Reise nach Amsterdam und Antwerpen. Zum ersten Mal brach ich nicht in eine vertraute Stadt oder zu Freunden auf, sondern machte mich für die Ostertage auf den Weg, um alleine zu sein. Es war an der Zeit. *Some things, to do for the first time* – so nannte ich bei mir eine Liste, die ich führte, seitdem wir G. zu Grabe getragen hatten. Auf ihr waren die Herausforderungen des neuen Lebens verzeichnet, von denen ich sicher war, dass sie besondere Schwierigkeiten bereiten würden. Urlaubstage auf sich selbst zurückgeworfen und ohne Gesellschaft zu verbringen, gehörte dazu.

Der Freund war auch an den Grachten ein ständiger Begleiter. Wie schön es hier doch sei, dachte ich beim Blick auf eine beiläufige Szenerie, und im selben Augenaufschlag, dass er dies nun nicht sehen könne. Starke Eindrücke, ein Vermeer im Reichsmuseum etwa, der eine unvergleichliche Versunkenheit und die Konzentration auf einen gestischen Weltbezug spürbar werden lässt, waren leichter zu ertragen. Dem Trödelmarkt und den Gassen mit den Antiquitätenhändlern entfloh ich nach nur fünf Minuten. Zu sehr verknüpft war das Stöbern mit unserem gemeinsamen Leben, als dass es alleine hätte zu einem Genuss werden können. Ich fühlte mich merkwürdig entkernt. Erst später, in Palermo, sollte es mir wieder möglich sein. Auf mich zurückgeworfen, sicherlich, aber statt des Eigenen war nur die Leerstelle spürbar, die der Abschied in mir hinterlassen hatte. Meine Gedanken trieben zur *Ars moriendi* zurück, mit der ich mich vor dem Aufbruch nach Amsterdam beschäftigt hatte.

Lesen wir heute die Überlieferungen der Sterbekunst, sind geistiger Horizont, Stellung des Buches und Status der Bilder radikal von ihrer Genese und frühen Überlieferung verschieden. Und mit ihnen auch die Konzeption des Menschen: So wurde etwa der Leib-Seele-Dualismus durch neurologische Forschung in das Archiv menschlicher Selbstentwürfe verwiesen. Auch wenn er gerade im Umgang mit den letzten Dingen eine fortgesetzte Konjunktur hat und sich als ein Muster eignet, in dem der Mensch seiner eigenen Endlichkeit begegnen kann. Vielleicht müssen wir als Metapher an der Vorstellung einer Seele festhalten, deren zu fingierender Flug die Endlichkeit des Daseins in eine spirituelle Leichtigkeit zu verwandeln in der Lage ist, die *neben* den harten Fakten der Analyse unserer psycho-physischen Konstitution Bestand hat? – In der Literatur, den Künsten und den Geisteswissenschaften, die es sich fortgesetzt zur Aufgabe machen, um den Menschen zu wissen. Doch was wusste ich schon von der Tradition des Leib-Seele-Dualismus? Was weckte mein Interesse an verschiedenen Konzeptionen des Menschen? Etwa die Tatsache, dass ich selbst an einem Nullpunkt des Daseins angekommen war?

Die Eindrücke der Reise strömten wie stets zuvor auf mich ein. Wie stets zuvor entwarf ich mich selbst in Reaktion auf die Menschen und Dinge, denen ich unterwegs begegnete – doch der Resonanzboden dieser Erfahrungen, dieser Bilder und Stimmen, Gerüche und Berührungen war ein anderer geworden. Und mit ihm auch die Art und Weise in der Welt zu sein, seinen Weg durch die Straßen der Stadt zu finden, in die ich aufgebrochen war, um mich durch sie hindurch neu in den Blick zu bekommen. Wie so häufig in diesen Tagen setzte ich mich in ein Kaffeehaus und ließ das Leben an mir vorbeigleiten, dem ich mich eher als ein Beobachter denn als aktiv Teilhabender verbunden fühlte.

Ich las die Stelle, an der Fritz Saxl den zentralen Gehalt der *Visio* erinnert – das Streitgespräch zwischen Körper und Seele:

> »In einer Winternacht liegt ein Mann behaglich im Bett und hat die folgende Vision: Er sieht seine Seele, gerade eben von seinem Totenbett aufgestiegen und von Lastern niedergedrückt. Die Seele beginnt mit der Auseinandersetzung und wirft dem Körper sein Fehlverhalten zu Lebzeiten vor. Der Körper zögert nicht und hält dagegen, dass es die Aufgabe der Seele gewesen wäre, ihn zu leiten. Der Dialog dauert an, Vorwurf wird mit Vorwurf erwidert – doch es ist zu spät. Zwei schwarze Dämonen erscheinen auf der Bühne, schwärzer als Pech, hässlicher als sie je ein Maler auf der Welt hätte malen können. Die Seele schreit auf: ›Siehe dein Geschöpf, Sohn Davids!‹ Doch der Dämon antwortet: ›Zu spät kommt deine Beschwörung, du gehörst nun zu unserer Armee.‹ Der Schlafende erwacht und mit ausgestreckten Händen ruft er Gott an, ihn vor derartigen Schmerzen zu bewahren. Von da an empfiehlt er sein ganzes Leben Christus.«[67]

Es ist leicht einzusehen, dass dieses Streitgespräch in der *Ars moriendi* um Todesdarstellungen ergänzt werden konnte, die als Elemente einer *Danse macabre* zu klassifizieren sind. Auch Verse des *Vadomori* schließen problemlos an. Doch in welchem Verhältnis steht es zu anderen Komplexen der Manuskripte, etwa zu naturkundlichen und medizinischen Darstellungen des *De regime sanitatis*? Diese Konstellation werde, so Saxl, einsichtig, wenn man sich daran erinnere, dass in der mittelalterlichen Enzyklopädie zwischen physischer und moralischer Welt eine enge Verbindung bestand. In der Vorstellung der mittelalterlichen Autoren seien Tod, Gesundheitsvorsorge und die Stellung des Menschen im Universum eng verbunden, ethische Fragen mit Paradies und Hölle, der Mikro- mit dem Makrokosmos verknüpft.[68] Ich hielt in meiner Lektüre inne und kritzelte einige Sätze auf ein Blatt Papier, die ich in das nach und nach entstehende Buch aufnehmen wollte.

> »Angesichts des Todes: Es gilt den Menschen und die Sorge um ihn als Teil des Lebens und seiner Erkenntnis zu begreifen – also in maximaler Abstraktion und sinnlicher Konkretion zugleich. Sind diese beiden zusammengehörigen Seiten einer Medaille, die das Portrait des Menschen zeigt, nicht in besonderer Weise vermittelt in den Pathosformen der bildenden Kunst, in den Metaphern der Sprache und in den symbolischen Formen

einer Gestaltung zur Welt, die erst den Menschen als Menschen hervortreiben, der in der Lage ist, sich eine Seele zu denken und sich um seinen Körper zu sorgen?«

Sicher: Das Wissen, das die Manuskripte der mittelalterlichen Sterbekunst bereithalten, ist lange schon abgesunken in das kulturgeschichtliche Archiv. Aber sind *Ars moriendi* und *Visio* daher nur noch von Interesse für Ikonologen oder Religionswissenschaftler? Selbst wenn wir diese Stoffe heute nicht mehr hinter Klostermauern, sondern im Archiv oder im Straßencafé studieren, ihnen nicht mehr mit dem geschlossenen Weltbild begegnen, das sie bezeugen, sondern mit erkenntnistheoretischer Neugier, bleiben sie für die Frage des Umgangs mit den letzten Dingen relevant. – Gerade für einen modernen Menschen, der sich der Haltlosigkeit seines Daseins bewusst ist und der Risiken, die seine mühsam errungene und stets prekäre Freiheit bereithält. Ist die Kraft der visuellen Demonstration, auf die der Autor des Casanatense-Manuskripts vertraute, nicht weiterhin die Würdeform eines Wissens um den Menschen, das nicht ohne weiteres auf den Begriff zu bringen ist?[69] Und auch wenn sich der moderne Mensch nicht mehr in einer geschlossenen Glaubenswelt bewegt, ist eine meditative Lektüre, wie sie die christlichen Mönche betrieben, doch wohl dem Umgang mit den letzten Dingen weiter angemessen.

Ich spürte: Die existentielle Erfahrung des Abschieds lässt die Wesenlosigkeit des entkernten Menschen nur deutlicher hervortreten. Ihr auch mit meditativer Versenkung zu begegnen, hatte ich eben erst in Amsterdam wieder eingeübt. Vor einem kleinen Bild Vermeers: *Ansicht eines Hauses in Delft* zeigt eine Straßenszene. Zwei Kinder, vom Betrachter abgewandt, spielen kauernd auf dem Trottoir, eine Frau ist in ihre Näharbeiten versunken, eine andere, in der Tiefe eines kleinen Hofs bei Hausarbeiten. Die Figuren schenken uns keine Aufmerksamkeit, der Blick in das Haus bleibt uns verwehrt – die Fenster sind blind, die Fensterläden geschlossen. Kleine Details an der Fassade zeugen von einem fokussierten Realismus. Die Aufmerksamkeit des Malers scheint sich in die Dinge der Welt zu versenken. Ein grauer Wolkenhimmel zwischen den Giebeln der Stadt. Diese Welt ist sich in ihrer Alltäglichkeit genug. Doch die in sich versunkenen Bewohner des Hauses lassen uns das Leben hinter der mit gestochener Genauigkeit dargestellten Fassade imaginieren – und uns in diesem. Ein Leben, in das wir eintreten – verlieren wir uns an das kleine Bild und an die ihm eigene Konzentration auf Gesten einer ruhigen Tätigkeit. Ich verließ das Museum und trieb – auf mich zurückgeworfen – durch einige Gassen. Meinen Blick heftete ich auf beiläufige Details, in denen sich die Vielstimmigkeit der Stadt zu bündeln schien. Noch immer war ich im Bildraum Vermeers gefangen, spürte die Kraft der Alltäglichkeit und der Präzision. Geben sie nicht dem bodenlosen Leben einen Halt? Eben noch hatte ich den Zug erreicht. Gerade noch so. Die Fahrt führte durch Vorortszenerien, durch die gesättigte Welthaltigkeit eines Lebens, in die ich mich nun jedoch mit einem anderen Blick versenkte.

Lebenskunst

Bewusst, selbstbestimmt und in Würde zu sterben – ist das nicht die schwierigste der Künste des Lebens? Wo die Endlichkeit des Daseins berührt wird, kann die Fülle des Lebens erfahren werden. Wo die Endlichkeit des Daseins berührt wird, ist Kunst als Haltung, sich mit Menschen und Dingen in Bezug zu setzen, in ihrer wohl größten Radikalität begreifbar. Sie ist das Medium einer Erkenntnis, die auf nicht weniger zielt als auf ein Wissen um das Geheimnis der Existenz. Dieses scheint von einer tiefen Ruhe, von Einfachheit und Mäßigung gezeichnet. Es schließt sich an dem Punkt auf, in dem Ekstase und Askese in eins fallen.

Skull

In Antwerpen angekommen, spazierte ich über den Vorplatz des *Museums am Strom*, das die koloniale Geschichte der Stadt zum Thema hat. Der rote Stein seiner Fassaden rahmt auch den Platz, der in verschiedenen Graustufen changiert. Man ahnt: Ein Bild liegt hier zu Füßen, doch sein Motiv tritt nicht auf den ersten Blick deutlich vor Augen. Abstand ist nötig. Das aus über 90.000 Steinen gesetzte Mosaik des belgischen Künstlers Luc Tuymans ist ein *memento mori*. Um es zu erfassen, musste ich zunächst an Höhe gewinnen: Von den oberen Stockwerken des Museums wird das 1600 Quadratmeter große Mosaik erkennbar, das einen Totenschädel und Wappenschilder zeigt. *Dead Skull* ist die Arbeit überschrieben, deren selbstreferentielle Ikonographie zugleich die

Kunstgeschichte der Stadt fortschreibt: Das Polaroid einer Gedenkplatte für den Antwerpener Renaissancemaler Quentin Matsys, die bis heute am Eingang der Liebfrauenkathedrale angebracht ist, diente Tuymans 2002 als Vorlage für ein Gemälde, das sich in der Washingtoner Nationalgalerie befindet. Dieses wiederum ist die Vorlage des Mosaiks, das die Erinnerung an Matsys in eine Konfrontation mit der Endlichkeit des Daseins umformt. Ich sah hier nicht nur dem Tod ins Auge, sondern zugleich war ich auf die Künste und ihre verschiedenen Medien verwiesen. Vom Dach des Gebäudes ließ ich meinen Blick über Fluss und Hafenbecken schweifen: Durch sie ist Antwerpen mit der kolonialen Aufteilung der Welt verbunden, die seinen Reichtum begründete. Ich schlenderte durch die vier Abteilungen des Museums, in denen die Repräsentation der Macht, die Geschichte der Stadt und des Hafens erzählt werden – und nicht zuletzt das Verhältnis des Menschen zum Tod. Wie die Religionen mit der Endlichkeit des Daseins umgehen, ist der Fluchtpunkt einer Sammlung, die durch den Blick auf Antwerpen eine Geschichte der globalisierten Welt erzählt. *Skull* ist ihr Emblem – als Konfrontation mit zwei Universalien des Menschen, die im Stadtraum selbst ins Bild gesetzt werden: mit Tod und Kunst.

Das grosse Sterben

Was in diesen Tagen vor den Küsten Siziliens geschehe, erregt sich Palermos Bürgermeister, sei nichts anderes als ein Völkermord. Die über das Mittelmeer nach Europa flüchtenden Menschen erzählten, »Geschichten, die den Berichten von Internierten in Dachau oder Auschwitz« glichen.[70] Wenn sie denn dazu kommen, ihr Leiden zur Sprache zu bringen. – Und wenn sie Menschen begegnen, die diese Berichte hören wollen. Man muss dem historischen Vergleich nicht folgen, um zu erkennen: Die Grenzpolitik des europäischen Nordens wird im Süden als eine strukturelles Gewaltverhältnis wahrgenommen. Doch die Empörung von Leoluca Orlando verklingt ebenso schnell im Rauschen der Nachrichtenkanäle, die nahezu in Echtzeit das große Sterben in unsere Wohnzimmer holen, wie die Stimmen der Flüchtlinge und die Bilder, durch die ihr Leiden an eine individuelle Geschichte geknüpft werden könnte. Die Toten, die an Europas Küsten treiben, bleiben fremd und namenlos. Was geht uns ihr Leben an?

Hoffnungslose Endgültigkeit

Ich erinnere mich: Der Anruf bei G. gehörte zu den Ritualen jeder Reise, zu der ich in den letzten Jahren alleine aufgebrochen war. Galt es doch, sich zu vergewissern, dass die Dinge in meiner Abwesenheit ihren guten Gang gingen. Von Antwerpen aus war ich nach Nantes zurückgekehrt, hatte ich mich auf den Weg zurück an den Ort gemacht, den ich mein Zuhause nun nicht mehr ungebrochen nennen konnte. Ich nahm mein Gepäck vom Band und ging die wenigen Meter zum Taxistand. Noch immer war da der Reflex, zum Telefon zu greifen. Mir schien, als ob der Freund meine Rückkehr erwarten würde. Allein, die zuvor gewählte Nummer war nicht mehr zu erreichen. Ein Mann grüßte – zunächst war das freundlich lächelnde Gesicht unvertraut. Dann kam die Erinnerung zurück: Wie oft hatte er uns vom Gate zum Flugzeug begleitet und den zuletzt im Rollstuhl reisenden Gefährten achtsam durch die Gänge geleitet? Nun werde ich den Begleitservice nicht mehr buchen müssen. »Die hoffnungslose Endgültigkeit«, schrieb mir eine Freundin, »begreifen wir wohl erst langsam.« Und auch, dass Ewigkeit für uns nur im Aufleuchten eines Moments zu haben ist, in dem sich die einst geteilte Nähe zu einem bleibenden Bild verdichtet. Zu einem Gedenkbild, das dem Verfall und der vergehenden Zeit widersteht, indem es der Erinnerung unter dem Andrang des Vergessens Raum und Kontur gibt. – Und diesem flüchtigen Leben seine zum Ende hin geöffnete Gegenwärtigkeit.

Kosten des Abschieds

Für den Zeitraum vom 31. Oktober 2013, 14.05 Uhr bis zum 20. November 2013, 16.10 Uhr stellt die Klinik 7446,98 Euro in Rechnung, darunter 1934,13 Euro für medizinische Honorare. – Zumeist medizinisch-technische Behandlung. Daneben werden von der Krankenkasse Kosten für Labor und bildgebende Verfahren beglichen, und auch die Bewegungsübungen mit den Physiotherapeutinnen: 25,80 Euro für Juliette, 51,50 Euro für Celine und die gleiche Summe für Aurelie. 128,80 Euro für einige letzte Schritte, den Gang hinauf, am kleinen Aquarium vorbei, in dem Goldfische ruhig ihre Kreise ziehen, und wieder zurück. Mit einem orangefarbigen Textliner sind vier Mahlzeiten der Begleitperson markiert – 12,75 Euro je Essen. 51 Euro, das ist alles was noch zu begleichen bleibt: »Rechnungsnummer 13 93617 0. Entlassungsweise: verstorben.«

Le voyage

Ô Mort, vieux capitaine, il est temps! levons l'ancre!
Ce pays nous ennuie, ô Mort ! Appareillons!
Si le ciel et la mer sont noirs comme de l'encre,
Nos cœurs que tu connais sont remplis de rayons !

Verse-nous ton poison pour qu'il nous réconforte !
Nous voulons, tant ce feu nous brûle le cerveau,
Plonger au fond du gouffre, Enfer ou Ciel, qu'importe ?
Au fond de l'Inconnu pour trouver du *nouveau* ![71]

Die Reise

> O Tod, alter Kapitän, es ist Zeit! laß uns die Anker lichten! Dieses Land hier sind wir leid, o Tod! Laß uns ausfahren! Ob Meer und Himmel auch schwarz wie Tinte sind, unsre Herzen, die du kennst, sind voller Strahlen!
>
> Flöße uns dein Gift ein, daß es uns stärke! Wir wollen, so sehr sengt dieses Feuer uns das Hirn, zur Tiefe des Abgrunds tauchen, Hölle oder Himmel, gleichviel! Zur Tiefe des Unbekannten, etwas *Neues* erfahren![72]

Die Reise. So schlicht ist Baudelaires episches Weltgedicht überschrieben. In ihm wendet sich ein Mensch der Welt zu, um sich in ihr zu finden. Ist dem Kind, beim Schein der Lampe, in dem es nachts sich in Karten und Stichen verliert, die Welt unendlich, schrumpft diese dem Alten zusammen: »*Aux yeux du souvenir que le monde est petit!*« So schließen schon die ersten Verse der Strophe. »In den Augen der Erinnerung wie ist die Welt so klein!«[73] Hier wird die Verwandlung in einen Reisenden vorgeführt, der als Prototyp des modernen Menschen vor Augen tritt. Mit der Erinnerung ist bereits der doppelte Horizont des Gedichts markiert: der des erkundeten Weltkreises und das Lebensende. Wie wird dieser Reisende charakterisiert? Er ist einer der Menschen, die aufbrechen, um unterwegs zu sein,[74] die weder einem bestimmten Weg folgen, noch auf ein besonderes Ziel zusteuern. In ihren Augen, tief wie die Meere, könne man große Geschichten lesen: »*Passer sur nos esprits, tendus comme une toile, Vos souvenirs avec leurs cadres d'horizons.*« Friedhelm Kemp bringt diese Geschichten, die Baudelaire entwirft, ins Deutsche: »Über unsren Geist, gleich einer ausgespannten Leinwand, eure Erinnerungen gleiten, von ihren Horizonten eingefaßt.«[75] Mit der Erinnerung ist hier nun ein zweites Motiv aufgegriffen: das der Wahrnehmung und des Berichts. Mit der Aufforderung, Kunde zu geben, schließt die dritte Strophe: »*Dites, qu'avez vous vu?*« »Sagt, was habt ihr gesehen?«[76] Und nach der auf sie folgenden Weltbeschreibung ist ihr die ganze fünfte gewidmet: »*Et puis, et puis encore?*« – Diese Strophe, eine einzige Frage, treibt das Epos der Moderne voran, und sie wird insistierend und mit rastlosem Nachdruck gestellt. »Und dann, und dann was noch?«[77] Die Welt, deren Bild als Antwort entworfen wird, ist nicht mehr um die griechische Welt zentriert, auch wenn Baudelaire antike Mythen als Referenzen anführt: Circe bedroht, wie sie die Reisegefährten des Odysseus in Schweine verwandelte, auch die modernen Reisenden. Nach Amerika und Asien führen deren Wege. Neben der Odyssee ist das Motiv des irrenden Juden ihr Modell, dessen ewige Wanderschaft ihr eigentliches Muster ist, wird doch – anders als bei Homer – von Baudelaire jede Ankunft in einer gesuchten Heimat verweigert. Doch die Welt, die am Beginn des Lebens dem Kind noch ein Anlass zum Träumen war, wird im Verlauf des Gedichts – und der Lebensreise, die es entwickelt – nun monoton, langweilig und eine Quelle des Schreckens:

Amer savoir, celui qu'on tire du voyage!
Le monde, monotone et petit, aujourd'hui,
Hier, demain, toujours, nous fait voir notre image:
Une oasis d'horreur dans un désert d'ennui!

Bitteres Wissen, das man von der Reise mitbringt!
Die Welt, eintönig, eng und klein, heut,
gestern, morgen, immer zeigt sie uns unser Bild:
eine Oase des Grauens in einer Wüste der Langeweile![78]

Ein antikischer Held ist dieser moderne Reisende nicht mehr – das Wahre, Gute, Schöne? *Perdu*. Die Ordnung des Maßes? Verloren auch sie. Der moderne Mensch, dessen Physiognomie Baudelaire in seiner Beschreibung des Weltkreises gibt, trägt nicht die Züge des Odysseus. Wird die Erde dem Menschen eng, so wird sein Geist unendlich. Schon zur Eröffnung des Gedichts wird dieses Motiv eingeführt. Im Takt der Wellen wogt »*notre infini sur le fini des mers*«, begegnen wir »unserer Unendlichkeit […] auf der Endlichkeit der Meere«.[79] – Wellen, die kein Versprechen der Weite und der Öffnung ins Unbekannte sind. Ausbuchstabiert wird diese Unendlichkeit des Geistes im Modus des epischen Berichts. Ihre Fortsetzung findet sich in der Erwartung des Todes, die am Schluss des Gedichts eine Verlängerung des ersten Aufbruchs in die fremde Welt ist. Während Himmel und Meer nun schwarz wie Tinte vor Augen gestellt werden, ist die Seele des Menschen strahlend. – Die Morgenröte ist nicht mehr die des geographischen Horizonts. Ist die Seele des Menschen Baudelaire ein Dreimaster, der auf den Weltmeeren das utopische Ikarien sucht, so ist ihm der Tod ein Seemann, der aufgefordert wird, Anker zu lichten. Nahezu ersehnt wird, zu sterben – um eine neue Reise anzutreten. Wohin führt sie? Ob in Himmel oder Hölle, einerlei. – In die Tiefe des Unbekannten. Dies ist die einzige Gewissheit. Die Hoffnung: Neues zu finden. Ist diese Ausrichtung nicht die letzte Sicherheit eines Menschen, dessen Leben abbricht; liegt die Weite der Welt nicht recht eigentlich in dieser Einsicht? Liegt sie nicht in der Anerkenntnis dieses nicht nur unvermeidlichen, sondern bejahten Todes und in der Erinnerung an den anderen, die sich denen aufschließt, die zurückbleiben? Die Weite der Welt öffnet sich im Abschied. Im engsten Raum des Gedichts. Und sie wird greifbar in der bewussten Bemühung darum, das Portrait des Verstorbenen als Figur eines neuen Mythos zu entwerfen.

Zeugenschaft

Vielleicht liegt das Geheimnis eines gelungenen Abschieds darin, das gelebte Leben in einen Roman zu verwandeln? Oder darin, ihm entsprechende Bilder zu finden, in denen es aufgehoben werden kann. – Als ein Persönliches, das doch zugleich ein Allgemeines ist, etwas, das nur als Zeugenschaft zur Sprache gebracht wird und uns herausfordert.

Bei sich sein

Das Haus stand verlassen. In meiner Abwesenheit war es winterlich geworden in La Nallière. Feine Spinnweben überzogen den Kristallleuchter über dem Esstisch, Kälte brachte das Öl in den Flaschen zum Stocken, das wir von unseren Reisen mitgebracht hatten. Gestern war ich von den Küsten Siziliens aufgebrochen. Wenige Stunden später hatte ich das Gepäck wieder die schmale Treppe hinauf in das Schlafzimmer getragen und den Kamin geschürt. Ich war zurückgekehrt. Der Granitstein der offenen Feuerstelle erinnert die Geschichte des Hauses – diese Wand, kommt mir ein Gespräch mit G. in den Sinn, habe schon in den Zeiten der Revolution gebrannt. Auch sei sein Vater hier, in diesem Raum, in hohem Alter gestorben. Er hatte, nachdem er aus deutscher Gefangenschaft zurückgekehrt war, das Leben eines Bauern geführt und nie wieder über den Krieg gesprochen. Nach und nach hatten wir unsere Geschichten mit der des Ortes verflochten, die Dinge unseres Lebens in neue Schränke und alte Truhen gepackt.

Ich füge diesen Gegenständen einen anderen hinzu: einen Koffer, den ich aus der Méditerranée mitgebracht habe, Reisegepäck, das seinen Weg von Berlin über Rom zunächst nach Neapel gemacht hatte, wie heute noch ein vergilbtes Adressetikett informiert. Wir hatten ihn in einem kleinen Antiquitätenladen entdeckt, vergessen in der Ecke abgestellt. Mit weißer Farbe und in großen Lettern war einst der Name einer Stadt auf den Deckel geschrieben worden: Palermo. Das Leder ist brüchig und die Ecken sind abgestoßen, doch die Beschläge sind intakt. Noch immer kann man das, was nicht verlorengehen und das, was verborgen bleiben soll, in seinem Inneren verwahren. Um mit ihm auf Fahrt zu gehen – etwa, wie ich mir ausmale, nochmals über See nach Salina zu reisen –, ist er jedoch nicht mehr zu gebrauchen. Statt zu den Liparischen Inseln verschifft zu werden, auf denen ich mit G. sommerliche Tage verbracht hatte, fand das aufgegebene Gepäckstück seinen Weg in die Vendée. Ich wollte es, zumindest für einige Tage, an dem Ort sehen, dem mit der Erinnerung an G. eine neue Rolle in meinem Leben zukommt. Und damit auch in der Geographie der Freundschaft, die dieses ordnet. Ich nehme die Briefe und Karten zur Hand, die G. in der Spanne seines Lebens erreicht haben. Er ist keine fünfzig Jahre alt geworden. Seine Post hat er in Schuhkartons gesammelt. Liebesbriefe sind darunter, von Menschen, die seine Wege kreuzten, bevor ich in sein Leben getreten war. Kleine Zeichen der Aufmerksamkeit finde ich in Kisten und Kästen, Photographien aus der Kindheit und von Momenten, die dem Gefährten von besonderer Bedeutung waren. – Ablagerungen eines Lebens, die ich jetzt erst sichten kann: Sie werden in diesem Koffer ebenso ihren Platz finden wie die Zeichen der Zuneigung, die uns verbanden und heute die Geschichte einer Liebe bezeugen.

Holz muss ich holen, um das prasselnde Feuer am Leben zu halten. Ich komme nach Hause und sage mir doch: »Hier werde ich nicht bleiben.« Das Datum des nächsten Aufbruchs ist schon im Kalender vermerkt, und die Möbelpacker sind bestellt. Bald werde ich die letzten Dinge aus dem Haus herausnehmen, das nicht mehr das unsere ist. Die Rückkehr aus Sizilien überlagert sich mit der Erinnerung an andere Heimwege. Diese führten nicht von Antwerpen nach Nantes zurück oder zum Flughafen Palermos, um von dort aus über Rom zurück nach Berlin zu gelangen. Sie führten die schmalen Pfade entlang, auf denen man hier, im ländlichen Winkel, die Welt entdecken kann. Ich nehme das Manuskript zur Hand und lese eine Aufzeichnung, die mich in den vergangenen Frühling zurückträgt:

»Wieder in La Nallière: Ich spüre einen leichten Windhauch im Nacken und schlage den Kragen hoch. Wie gut es tut, alleine zu sein. Die Feldwege entlangzugehen, die uns vertraut waren, den Blick schweifen zu lassen, um dem offenen Horizont dann doch den Rücken zuzukehren. Ich breche, jetzt da es Frühling wird, einen ersten Ginsterzweig. Bald wird die Welt in Gelb getaucht sein. Das Abendlicht verwandelt die Wasserfläche des Sees in einen matt glühenden Spiegel, bevor sie in Grautöne getaucht wird und in die Dunkelheit fällt. Das Gespinst der Bäume hebt sich kaum mehr vom Himmel ab, und auch die beiden Kraniche haben sich auf den Weg gemacht. In Brechts *Die Liebenden* werde ich ihnen wiederbegegnen, so denke ich und trete den Heimweg an. ›Ihr fragt, wie lange sind sie schon beisammen?‹, sage ich den Schluss der Verse auf, und die Antwort scheint ganz von alleine widerzuhallen: ›Seit kurzem. – Und wann werden sie sich trennen? – Bald. So scheint die Liebe Liebenden ein Halt.‹[80] Verloren fühle ich mich und doch: bei mir.«

Die Zeit war wenige Monate nach dem Tod meines Gefährten aus den Fugen geraten. Nun ziehe ich in ihr wieder geordnete Bahnen. Ruhiger als zuvor, gelassener auch und ohne die fordernde Unbedingtheit, die das Privileg der Jugend ist. Stunde folgt auf Stunde und Tag auf Tag. Das Haus hat schnell wieder seine Wärme gewonnen, und den Garten überwölbt ein hoher Himmel. Den Räumen meines Lebens und den Menschen, mit denen ich diese teile, bleibe ich virtuell verbunden: Die Kamera am Rechner erschließt eine weit ausgespannte Welt, bis ich mich wieder auf den Weg machen werde.

Gestern haben wir dem Freund einen Baum gepflanzt. Eine japanische Zierkirsche, die er so liebte. Auf der Wiese, die der Grund seiner Kindheit und seines Aufbruchs war. Wo ich denn, hatte eine der Schwestern zuvor gefragt, meinen Baum pflanzen wolle – nein, bleiben könne sie nicht für diese kleine Zeremonie des Gedenkens. Sie werde dem Bruder zu seinem Geburtstag aber eine Messe lesen lassen und dafür dann aus Paris zurück in ihr Elternhaus kommen. Dass ich immer gerne in La Nallière gesehen sei, sagte die andere und meinte: Legitim, Tom, bist du hier nicht. Die Erinnerung, denke ich, können sie mir nicht nehmen. Und das Grab will ich pflegen. Die dritte der Schwestern stand, wortlos, am Rand unserer Runde. Ob sie uns auch hörte? An die Schulter meiner Schwägerin gelehnt, mit der wir die letzten Jahre gemeinsam in den

Gärten von La Nallière zugebracht hatten, lauschte ich der Musik der Freunde. Getragen wurde ich von einer gebrochenen, doch beschwingten Heiterkeit und fand auch die Leichtigkeit wieder, in die es das Leben fortwährend zu verwandeln gilt. Diese besondere Stimmung war uns schon am Tag des Begräbnisses begegnet. Wie zuvor ihrem Bruder war mir Danielle seither eine verlässliche Stütze. Sie litt vielleicht stärker als ich darunter, dass der Esprit, den G. um sich zu verbreiten wusste, nun der Hypokrisie ihrer Geschwister wich. Doch gestern waren wir ganz in unserem Schmerz versunken und auch in der Lust an der Fülle des gemeinsamen Lebens.

Das von Zeit zu Zeit durch die Wolken brechende Sonnenlicht brachte die Farben der Rosenblüten zum Leuchten, die im herbstlichen Grün ausharren, bis der erste Frost auch sie trifft. Für einige Stunden aber erinnerten sie noch einmal an den leidenschaftlichen Gärtner dieses Reichs und stillten unsere Trauer. In der Tasche trug ich die kleine *Mustazzoli*-Form eines Palmblattes, die Matteo mir mit auf den Weg gegeben hatte. Bäume, schreibt Barthes an einer Stelle, sind Alphabete. Er verweist unter der Überschrift *Zum Schreiben hin* auf ein antikes Wissen der Griechen und zeichnet die Palme als den schönsten der Buchstabenbäume aus: »Vom Schreiben, wie es überfließt und sich abhebt dem Wurf ihrer Wedel gleich, hat sie die höhere Wirkung: das Herabsinken.«[81] Der Baum, den wir pflanzten, ist hingegen ein Baum der Verschwendung. Im frühen Jahr, wenn die Welt ihre treibenden Kräfte sammelt, brechen die rosa Blüten auf, kraftvoll und für kurze Zeit. Ein Rausch, der alles, was ihn umgibt, mit sich und in die Höhe reißt. Ein Schauspiel, das sich Jahr um Jahr wiederholen wird.

Tempus fugit – ich hatte die Mahnung auf dem Zifferblatt einer Uhr gelesen und auf die Oberfläche meines neuen IPhones gelegt. Mit ihm knipste ich nun Freunde und Vertraute, die das Erdloch um den Wurzelballen auffüllten, den Boden fest traten und den noch dünnen Stamm an einen Holzpfahl banden, damit er den Winterwinden nicht schutzlos ausgesetzt sein würde. Ich sah in ihre Gesichter: Sie waren in der Erinnerung an G. ebenso verloren wie ich selbst. *Die Zeit vergeht.* – Dieses Photo einer alten Standuhr, so erzählte ich ihnen, soll mich noch eine Weile begleiten. Es zeigt den Pfeil der fliehenden Zeit an, der wir als pflanzende Gärtner mit einer zyklischen Krümmung zu begegnen suchen. Knüpfen wir nicht deshalb unser Gedenken an den Ablauf der Jahreszeiten?« Entdeckt habe ich die Uhr in den Arbeitsräumen einer Berliner Freundin; dort hält sie wohl zu konzentrierter Tätigkeit an und dazu, sich nicht zu verlieren: nicht im Überfluss der Lektüren und nicht im Überfluss der Abenteuer, die diese – wie das Leben, das sie freisetzen – für uns bereithalten. »Sie erinnert mich an die Kindheit, ihr Schlagwerk hat mich damals fast wahnsinnig gemacht …«, so hatte Simone auf meine Frage geantwortet, was es mit der Uhr denn auf sich habe. »Den Lauf der Zeit zeigt die Uhr nicht mehr an, aber sie lässt mich an meinen Vater denken. Er hat sie vor über vierzig Jahren aus Palermo nach Deutschland gebracht.« Ich erspare mir, ein Knarren des Uhrwerks als neuen Klingelton zu simulieren. Auch die Fortsetzung des Sprichworts übergehe ich. Denn kann man das, was bleibt, wirklich unter dem Begriff der Liebe fassen? *Tempus fugit – amor manet*. Seit einigen Tagen läutet nur noch ein Telefon im Gepäck meiner Reisen. Den französischen Vertrag für ein zweites Gerät habe ich aufgelöst. Ich sei, ließ ich die Freunde wissen, nun wieder an der Spree erreichbar, in der alten Wohnung, wenn auch unter neuer Nummer. »Doch auch hier, in La Nallière, würde ich weiter zu Hause sein, wenn auch nicht mehr in den Räumen unseres gemeinsamen Lebens. In einer kleinen Hütte werde ich von Zeit zu Zeit Quartier nehmen, zu Gast sein bei denen, die mit uns das Leben in den letzten Jahren geteilt haben. Aber ja, auch auf Sizilien: +39 382 702 1971.« Es wird noch einige Tage dauern, bis ich die Zahlenreihe auswendig hersagen kann, unter der ich in Zukunft zu erreichen bin.

Doch schon heute, ein Jahr, nachdem wir G. zu Grabe getragen haben, bringe ich diesen Text zu einem Abschluss. Und eröffne ein Leben, in dem er fehlen, aber zugleich gegenwärtig sein wird. Das Stocken der Sprache, von dem vor einigen Wochen dieser Satz noch unterbrochen worden war – es ist verschwunden. Die Stimme, denke ich, ist wieder fester geworden, ganz wie mein Schritt und der Druck der Hand. Das Telefon klingelt in einer Tasche, ein hölzernes Xylophon. Matteo will wissen: »Wie geht es dir? Bist du alleine? Hattet ihr nicht gestern in La Nallière euer ganz eigenes Fest der Toten gefeiert …?« »Ja – mit Musik, Wein und einem Lachen, das die Geister unserer Erinnerung, so sagten wir, freudig stimmen mag. Und uns mit ihnen. Wir haben uns bei Danielle, im Haus meiner Schwägerin getroffen. Eines Tages wirst du sie kennenlernen.« Die beiden Schwestern? Sie hatten sich bald wieder auf dem Weg gemacht – sie sollten, so bat ich, der dritten doch von unserer kleinen Feier berichten. Darauf, dass sie verstehen würde, was für ihren Bruder zählte und was für ihn das Leben an diesem Ort ausgemacht hatte, hoffte ich nicht mehr. »*Chaqu'un fait, comme il peut*«, antwortete ich auf ihren kurzen Dank für die Einladung. Jeder macht, wie er kann. Ja, sicher, der Schinken sei gut und reichlich gewesen. Doch jetzt müssten sie gehen. Heute sind Milch und Honig wieder zur Seite geräumt, und auch die kleinen Geschenke, die wir uns gemacht hatten, ganz so, wie es in Sizilien Brauch ist. »Alleine«, sage ich Matteo, »bin ich nicht.« Genüsslich verspeist Cyrille die letzte der bunten Marzipanfrüchte, die ich aus Palermo mitgebracht hatte. »Erinnerst du noch die Whiskyrunden und unsere abgründige Heiterkeit an den ersten Abenden nach G.'s Tod? Sie hatte zunächst alle irritiert, die später zu uns gestoßen waren, sie dann aber doch schnell angesteckt. Du solltest deinem sizilianischen Freund von diesen Nächten erzählen. Oder vielleicht auch nicht mehr.« Ich zögere und schalte den Lautsprecher des Telefons an. Nach und nach verweben sich die Stimmen zu einem Gespräch, stellt sich ein die Ferne überbrückender Kontakt her. »Hast du schon deine Dropbox gecheckt«, fragt Matteo. »Gestern habe ich euch noch Bilddateien geschickt: Die Arbeit war abgeschlossen, als ihr daran gingt, der Freundschaft, in der wir alle verbunden sind, ein Zeichen zu setzen. Willst du nicht eben den Computer öffnen?« Jean klappt den Laptop auf, und wir sehen: die Farben eines Lebens. Und mir bleibt diesen Seiten nur noch eine Zeile hinzuzusetzen. Ich spreche die wenigen Worte ins Telefon und bringe, während Matteos Stimme verklingt, noch einmal einen kargen, aber kraftvollen Satz zu Papier: Er ist, wie dieses Buch, *den Freunden dieser Tage* gewidmet –

Menschliche Berufung

Im Zentrum einer Ästhetik des Abschieds steht die Möglichkeit des Todes. Ihr Mittelpunkt ist eine Herausforderung, die Maurice Blanchot in *L'espace littéraire* formuliert. Die Frage nach einer zu gewinnenden Sterblichkeit, so notiert er dort, erhalte ihre Kraft erst dann, wenn alle Auswege verworfen seien: »Kann ich sterben? Habe ich die Fähigkeit zu sterben?«[82] Dass der Mensch sterbe, sei nicht weiter bedenkenswert, wohl aber die »Gewissheit seines sterblichen Daseins«. – Eine Gewissheit, die als Teil des Lebens zu erlangen sei, eine Gewissheit, die es gelte, mit der Sorge des auf sich selbst konzentrierten Menschen zu verbinden, »den Tod möglich zu machen«. Ist der Tod nicht das unumgänglich Gegebene? Weit gefehlt. Endlich zu leben: Das ist die Begrenzung der Physis des Menschen. Doch auf »souveräne und extreme Art und Weise« sterblich zu werden, ist die Öffnung seiner »menschlichen Berufung«.[83] Und hebt nicht mit ihr erst das Leben an? Blanchot verbindet in *Der literarische Raum* Selbsterkenntnis und Selbstsorge des Menschen: Einstellungen eines Menschen, der begreift, dass er sterblich werden muss, und eines Menschen, der sich darum sorgt, den Tod zu ermöglichen. In der dieser Bemühung eigenen Spannung von Körper und Geist kann er zum souveränen Schöpfer seiner selbst und einer Welt geraten, die vom Ende her in den Blick genommen wird:

»Der Tod ist innerhalb des menschlichen Horizonts nicht das, was gegeben ist, er ist das, was geschaffen werden muss: Eine Aufgabe, das, was wir uns nicht aktiv aneignen, was die Quelle unseres Handelns und unserer Beherrschung wird. Der Mensch stirbt, das ist nichts, doch der Mensch ist von seinem Tod aus, er bindet sich fest an seinen Tod, mittels einer Verbindung, deren Richter er ist, er macht seinen Tod, er macht sich sterblich und gibt sich dadurch die Fähigkeit, zu machen und gibt dem, was er macht, seinen Sinn und seine Wahrheit.«[84]

Der Tod ist hier als eine Aufgabe gefasst. Mehr noch: Indem der Mensch sich an den Tod bindet, ermächtigt er sich nicht nur zum Tun. Er gibt diesem zugleich auch Sinn und Wahrheit. Die Aufgabe, den Tod als einen Akt der *poiesis* möglich werden zu lassen, ihn zu schaffen, ist nachgerade eine Aufgabe der Künste: der Literatur, sicherlich, in der sich Spracharbeit, Erkenntnis und Entwürfe des Menschen verbinden. Doch wohl nicht nur. Neben sie treten die literarische Kritik – die nicht nur Literaturkritik ist, sondern auf eine spezifische

Einstellung gegenüber der Wirklichkeit zielt – und das Wissen der Bilder: In ihnen ist nicht nur ein visueller Weltbezug gespeichert, sondern, wenn sie in mühsamer Arbeit hervorgetriebene Frucht eines tastenden Auges und einer erkennenden Hand sind, ebenso ein taktiles und gestisches Wissen um die Dinge der Welt. Wann tritt in den Künsten, die, wie die orphische Erfahrung lehrt, auch in der Konfrontation mit Endlichkeit und Absenz begründet sind, die Aufgabe, den Tod möglich werden zu lassen, in den Vordergrund? Wohl dann, wenn diese das Leben selbst in einer zugleich reflexiven wie berührenden Wendung zu ihrem Gegenstand machen. Doch nicht nur Sinn und Wahrheit sind Gewinn dieser Bemühung darum, sterblich zu werden. Gelingt es dem Menschen, seinen Tod zu denken, und mehr noch, sich dem Sterben mit seinem ganzen Körper zuzuwenden, wird ihm eine machtvolle Schönheit eröffnet. Eine Schönheit, die in einem vom Tod her erfahrenen Leben beschlossen ist. Eine Schönheit, die weder Idee des Göttlichen noch Beschränkung auf das Vorkommende ist, sondern das volle Glück einer in diesem aufscheinenden Absenz – eine reale Abwesenheit, in der man, stürzend, sich im Leben fühlt, und in der man, gehalten, sich selbst zu erfassen in der Lage ist.

Die Welt, in der wir sterben

Mit diesen Worten ist ein kurzer Text Georges Batailles überschrieben, der meine Aufmerksamkeit schon bei meinem letzten Aufenthalt in Palermo fesselte. Nun, bin ich zurückgekehrt. In La Nallière hielt mich nichts mehr. Ich hatte die zunächst dunkel scheinenden Seiten zum ersten Mal nach dem Verlassen der Kapuzinergruft gelesen. Und mich in ihnen wie im Rausch verloren. Bekommt jede Lektüre nicht durch ihren Zeitpunkt und durch den Erfahrungszusammenhang, in dem sie steht, ihre spezifische Tönung? Auch wenn nur wenige Wochen vergangen waren, seitdem ich mir mit Bataille die Frage nach einer Erfahrung des Gewaltigen das erste Mal gestellt hatte, las ich den schmalen Essay nun doch in einer gänzlich anderen Situation: von Cagliari kommend auf der Fähre, die mich von Sardinien zurück nach Palermo bringen sollte. Ich fand mich in einer zugleich weiten und begrenzten Welt wieder. Auf See. Meine Augen folgten der sich rundenden Linie des Horizonts, die mit der gemächlichen Bewegung des Schiffes wieder und wieder aufgeschoben zu werden schien. Sonne war da, Wind und einige Möwen, die nach Speiseresten aus der Kantine schnappten. Und ja, auch zwei Delphine kreuzten meinen Weg. Sonst war da nichts. Außer dem konstanten Geräusch der Motoren. Und der Erwartung, dass am Abend, Stunden nachdem wir den Hafen verlassen hatten, die Küstenlinie Siziliens sich vor meinen Augen abzeichnen und eine andere Stadt mich aufnehmen würde. Vorfreude mischte sich in meine gelassene Konzentration. Und wieder und wieder unterbrach ich meine Lektüre, um einen Blick auf die Ruhe dieser Welt zu werfen, in deren Mitte sich meine Fähre zu befinden schien. Waren wir nicht im Zentrum der Dinge? Zumindest wollte ich, nostalgisch gestimmt, dies gerne glauben, wie so viele Reisende vor mir.

In seinem Essay wendet sich Bataille durch eine Betrachtung und eine Textlektüre hindurch dem Sterben zu: Ein *The world we live in* überschriebener Bildband der amerikanischen Zeitschrift *Life* und Maurice Blanchots Erzählung *Le dernier homme* ermöglichen es ihm, sich dem zuzuwenden, das »außerhalb der Welt« liegt: dem Tod.[85] Unmittelbar ist dieser uns nicht zu greifen, denkbar wird er einzig über eine medial vermittelte Zuwendung zur Welt. Zu einer Welt, die für uns die Welt ist, »aus der der Mensch hervorgeht, nach deren Maßgabe der Mensch geschaffen ist und die durch eine klare Darstellung dem menschlichen Geist zugemessen wird«.[86]

Die in der Auseinandersetzung mit Blanchot formulierte Pointe Batailles ist ebenso radikal wie einfach. Man müsse sich der Welt, in der wir leben, als einer Welt zuwenden, in der wir sterben. Doch mit dieser einfachen Wendung, der Umwendung eines Titels, beginnen die Probleme – denn so sehr wir uns die Welt, in der wir leben, im Denken aneignen, so wenig besitzen wir die Welt, in der wir sterben. Eine »gewaltige Ausdehnung« liege jenseits des Blickfelds der erkennenden Vernunft. Der wissenschaftlichen Vermessung und Aneignung der Welt zum Trotz, ist der Tod das sich Entziehende. Er bleibt das »Unzugängliche« in der zugänglichen Welt, etwas, das wir nicht besitzen können.[87] Hier setzt Bataille an und fragt: Wie können wir dem Sterben, das mit dem Leben, das uns die Bilder vor Augen stellt, eine Welt bildet, dennoch begegnen?

Wie bei meiner ersten Lektüre, nun jedoch in einer von dieser gänzlich verschiedenen Konstellation, blättere ich Seite um Seite einen Text auf, der mir Zeile um Zeile Selbstaufklärung verspricht, der meine Ahnung formuliert. Zunächst, so lese ich, ist der Blick auf den »ungreifbaren Tod« an eine Zeit der Geduld als Bedingung seiner Möglichkeit gekoppelt. Dann fordert er, die Struktur der Erkenntnis selbst aufzubrechen. Um ihn in den Blick zu bekommen sei, so Bataille, ein Denken gefordert, das einem sich dem Tod zuwendenden Menschen »alles entzieht, was das Denken ihm zunächst vorgab«.[88] – Eine begrenzende Methode zum Beispiel.[89] Der Ausdehnung, die der Tod ist, wird mit einer Ausdehnung der Erkenntnis geantwortet, die ihn zu erfassen sucht. Diese Erkenntnis ist zunächst visuell – sie zielt auf das Bild dessen, das sich noch im »Sich-Zeigen« entzieht. Neben sie setzt Bataille in einer kulturgeschichtlichen Wendung seiner Reflexion »Riten und Gebräuche« als Bemühungen darum, »den Tod in den Bereich des menschlichen Geistes zu integrieren«.[90]

Doch Batailles Überlegung ist noch radikaler: Aus der Faszination für den Tod erwachse die Vorstellung, dass er selbst zum Bereich des Geistes werde.[91] Erkenntnistheoretisch ist hier eine radikale Öffnung des *logos* formuliert, die zugleich dessen Geltung für die Welt, in der wir leben, maximal ausdehnt. Mit ihr sind eine Auszeichnung von Medialität und die Einsicht in die Fiktionalität von Unmittelbarkeit verbunden. So ist es nicht zufällig, dass Bataille die Charakterisierung des Umgangs mit den letzten Dingen einer Erzählung abgewinnt, die das Sterben zum Gegenstand hat. In Blanchots *Le dernier homme* nähern sich drei Figuren auf je eigene Weise dem Tod:

»Eine von ihnen, der ›letzte Mensch‹ nähert sich ihm vor den beiden anderen: Sein ganzes Leben ist vielleicht Funktion des Todes, der in ihn eintritt. Nicht dass er selbst ganz gezielt dafür Sorge trägt, aber der Erzähler sieht ihn sterben, er ist für den Erzähler ein Widerschein dieses Todes, der in ihm *ist*. In ihm ist es dem Erzähler gegeben, den Tod zu betrachten und sich in ihn zu versenken.

Diese Versenkung ist niemals unmittelbar gegeben. Die Zeugen des ›letzten Menschen‹ kommen ihm nicht wirklich nahe; was er am Ende ist, erahnen sie nur in dem Maße, in dem sie selbst in die ›Welt, in der wir sterben‹, eingehen. Das ist das Maß ihrer Auflösung: dieses ›ich‹, das in ihnen spricht, entgleitet ihnen.

Jener, der auf das Sterben blickt, ist selbst in dem Blick, den er auf den Tod richtet: Wenn er es ist, so in dem Maße, in dem er bereits nicht mehr er selber ist, sondern in dem er ›wir‹ ist, in dem der Tod ihn auflöst.«[92]

Nicht nur das Denken wird also ins Maßlose gewendet. Der an dieses Denken gekoppelte Subjektbegriff wird ebenfalls gesprengt. Es bleibt nichts als

Bild und Sprache, Blick und Stimme. In dieser Wahrnehmung werden Dinge erfasst, Realitäten greifbar – als ein Aufschub, bevor sie verschwinden, bevor die Absenz von Ereignissen eintritt. Das Verschwinden im Tod ist an die Präsenz eines weiterhin Erscheinenden und Vorkommenden gekoppelt. Wie der Tod auf das Leben, so ist der Sterbende auf den verwiesen, der bleibt. Und auch die Stimme dessen, der den Tod erzählt, kippt in die Stille:

»Das sterbende ›Ich‹ – vom Tod gejagt und umstellt – ist dazu verurteilt, in ein Schweigen, in eine Leere zu fallen, die es nicht erträgt. Als Komplize des Schweigens und der Leere befindet es sich jedoch in dem Einflussbereich einer Welt, in der es nichts gibt, was sich nicht verliert.«[93]

Dem Sterbenden werden die Worte knapp, und auch dem, der ihn auf diesem Weg in das Verstummen begleitet. Eine Spracharbeit, die sich darum bemüht, die Berührung mit dem Sterben in die Fülle der Worte zu bringen, ist durch die Erfahrung des Schweigens und der Stille hindurchgegangen. Sie legt ihr eine Ökonomie der Worte auf, mahnt zu Vorsicht bei der Verdichtung des Erfahrenen in Begriffe. Noch da, wo sie sich auf eine Unmittelbarkeit des Eindrucks zu berufen scheint, ist doch Mittelbarkeit ihre Voraussetzung. Denn das Leben, das im Sterben jenseits der Sprache aufscheint, muss in diese zurückgebracht werden, um in es einzutreten und es mitteilbar werden zu lassen. – Nicht nur für andere, sondern in einem tief gründenden Selbstgespräch, für das die Religionen die Technik des Gebets entwickelt haben – zuallererst für den Sterbenden selbst. In einer meditativen Versenkung, in der er verstummt. Und nach einer anderen Sprache, einem anderen Sprecher verlangt.

Die Begegnung mit dem Sterben und die Konfrontation mit dem Tod müssen in eine Erzählung überführt werden. Anhand von Blanchots Erzählung liest Bataille den Tod als Teil der Welt, in der wir leben. Er liefert uns in seiner Lektüre mehr als eine Analyse des Textes, eine Lebenstechnik, die dem Umgang mit den letzten Dingen angemessen ist. Erst in der Einheit einer Narration und der fiktiven Figuren, die in dieser Gestalt gewinnen, kann wieder zu einer geordneten Wirklichkeit gefügt werden, was durch die Sprengkraft der menschlichen Endlichkeit aufgebrochen war: die Unversehrtheit einer Person, die, ist sie durch die Erfahrung des Abschieds hindurchgegangen, auf immer eine Narbe mit sich trägt, die sie an die für das Leben grundlegende Wunde erinnert, die der Tod schlägt. Einem Tod, dem jedoch die Möglichkeit zugehörig ist, vom Leiden getrennt zu werden und einem Glück Raum zu geben:

einem rauschvollen Glück, das, ist der Tod als Grundlage und Bestimmung der Existenz angenommen, dem Sterben zukommt.

Ich halte in meiner Lektüre inne, verweile bei einigen Sätzen, in denen Blanchots Erzähler ein Gefühl zum Ausdruck bringt, das dem Eintritt in die »Welt des Verschwindens« zugehörig sei. Es ist mir vertraut:

»Ein Gefühl ungeheuren Glücks – das ich nicht vertreiben kann –, das das ewige Strahlen dieser Tage ist, das vom ersten Augenblick an begonnen hat, das ihm immer noch und für immer Dauer verleiht. Wir bleiben zusammen. Wir leben uns selbst zugewandt, gleich einem Berg, der sich rauschhaft von Weltall zu Weltall erhebt. Ohne Halt und ohne Grenze, ein immer berauschterer und immer ruhigerer Rausch.«[94]

Ich lese die Passage wieder und wieder, ich versenke mich in ihre Worte und ich erinnere mich: Einen geliebten Menschen seinem Tod zu überantworten, kann zu einem letzten Moment geteilten Glücks werden. Seine Tönung war die einer rauschhaften Askese im Sinnlichen. Und nun, wo ich nicht mehr den Blick auf diese Grenze gerichtet habe, an der das Leben abbricht, sondern, auf See träumend, den Platz vor der Kapuzinergruft als Teil der Welt, in der wir sterben, zu begreifen suche, wird meine Lektüre selbst in diesen Rausch gezogen, der meine Ruhe ausfüllt. *Le dernier homme,* so charakterisiert Bataille das Buch, das mich in seinen Bann schlägt, »enthüllt eine Welt, zu der wir nur in einer rauschhaften Bewegung Zugang finden. Dieses Buch ist jedoch die Bewegung, in der wir, jeder Grundlage entzogen, vielleicht die Kraft haben, *alles* zu sehen.«[95]

Wie wird Blanchots Text weiter charakterisiert? Bataille betont, dass das Denken, das ihn trage, nicht philosophisch sei: »Es könnte nicht in eine strenge Gedankenfolge eingereiht werden. Es gibt eine Strenge in diesem Denken (es ist die größtmögliche Strenge), aber diese Strenge zeigt sich nicht in Form einer Grundlegung und einer Konstruktion.«[96] Philosophie ist für Bataille Arbeit, die auf einen kapitalisierbaren Besitz zielt und ein Ziel fest im Blick behält. Ihr Preis? Der Verzicht des Autors auf die »verrückte Freiheit seiner Gangart«.[97] Literatur hingegen – postuliert Bataille mit einem Verweis auf Mallarmés *Coup de dés* – sei grundlegend Spiel, ein *Würfelwurf,* dessen Ergebnis stets unvorhersehbar sei. Erzählung, nicht Philosophie also. Formuliert Bataille, indem er Blanchots Sprache charakterisiert, nicht die Voraussetzungen jeder Bemühung darum, dem Tod zu begegnen?

»Das Denken ist auf der Suche nach der Erscheinung, die es nicht voraussehen konnte und von der es von vornherein entbunden ist. Das Spiel des Denkens verlangt eine solche Kraft, eine solche Strenge, dass neben dieser die Kraft und die Strenge, die die Konstruktion verlangt, den Eindruck einer Erschlaffung vermittelt.«[98]

Auch wenn sie implizit und – ist die Ordnung des *logos* doch nicht ihr Platz – notwendig verborgen, hinter der Sprache gleichsam zurückgehalten bleibt: Die Bildwelt, in der Bataille das Denken zu fassen sucht, ist eine phallische, eine Welt der Verausgabung. Dem ebenso ruhigen wie ekstatischen Rausch steht eine Erschlaffung gegenüber. Diese ist letztlich nichts anderes ist als eine Ermüdung an der Welt, in der wir leben. Bataille charakterisiert Blanchots Erzählung als ein Buch, das »den Grenzen [entgleitet], innerhalb deren die meisten bleiben möchten« und das unser Denken einer Bewegung überantworte, die von diesen Grenzen befreit. Gefordert werde jedoch eine »äußerste Lektüre«, deren Herausforderung des Lesers von existentieller Art sei: Es gelte, »dem die Stirn zu bieten, was diese Welt bedeutet – und die Existenz, die wir in ihr führen«.[99] Doch was bedeutet das? Die Welt und unsere menschliche Existenz in ihr? Bataille, der sich mit seinem Text an den Rand der Bedeutung bewegt, der dieser Blick auf den Tod ist, sagt es uns nicht. Aber vielleicht ist das, dem wir zu antworten haben, ja eben gerade das Unsagbare, das paradoxe Wechselspiel der Erzeugung von Bedeutung, ohne die die Welt nicht unsere ist, und der Vernichtung von Bedeutung in einer rauschhaften Überbietung, die den Sinn durchstreicht.

In ihr, so können wir den letzten Satz von Batailles Essay lesen, wird die Sinnlosigkeit der Welt und unserer Existenz einsichtig – sei es im Rausch der lustvollen Überschreitung, sei es im Rausch, der dem Sterben eigen sein kann. Doch diese Ekstase, durch die in der Welt, in der wir sterben, jede Bedeutung verneint wird, ist zugleich der Beginn einer Unterscheidung, auf der jene Welt beruht, in der wir leben. Beiläufig, in Klammern gesetzt, weist Bataille darauf hin: »(wir unterscheiden sie nur aus Erschöpfung).«[100] Und markiert er so nicht den Ansatzpunkt einer neuen Epistemologie, die von der Kante ihren Ausgang nimmt, an der das Leben abbricht? *En passant*: Eine Erkenntnissuche, die den Blick lustvoll auf das Vorkommende richtet, indem sie des Endes stets eingedenk ist.

Allegria

Palermo, Ende Dezember 2014

Lieber Matteo,

vor nun einer Woche bin ich, von Sardinien kommend, in Palermo eingetroffen. Nach unserer kleinen Feier in Erinnerung an G. waren die Koffer schnell gepackt, die Möbel verladen und ein Leben verstaut. Das meiste davon ist nun eingelagert, anderes hat einen neuen Ort gefunden: Der Reisekoffer etwa, den wir gemeinsam beim Trödler entdeckten, steht nun in der Berliner Wohnung. Ob du dich in den Räumen wohl schon gut eingerichtet hast? Einen Stadtplan habe ich dir, mit einigen nützlichen Adressen und Kontakten, auf den Tisch gelegt. Aber vielleicht möchtest du dich auch lieber in den Straßen verlieren. Vom Fenster deines Ateliers aus sehe ich am Morgen die Schiffe, die von Palermo aus in See stechen. Bald werde ich über das Meer nach Tunis weiterreisen, um dort Walid wieder zu treffen, meinen ägyptischen Freund. Wie soll ich ihn dir charakterisieren? Walid fasst das Chaos der Welt in kleine, zunächst abseitig scheinende Erzählungen und begegnet den Herausforderungen unserer Tage mit einer feinen Ironie, die ansteckend ist. Nein, ein Zyniker ist er nicht. Eher ein hellsichtiger Chronist unserer Zeit, dem die Maßstäbe unter dem Druck der politischen Zeitläufe nicht verlorengegangen sind. Ich freue mich darauf, bald wieder in Tunis zu sein. Doch nun bin ich, nach nur kurzer Unterbrechung, zunächst zurück in Palermo, zurück an einem neuen Ort meines Lebens. Und ich frage mich: War ich je fort von hier?

Du weißt um meine Liebe zu botanischen Gärten. Ich suche sie in jeder Stadt auf, in die mich meine Wege führen. Seit meiner Ankunft habe ich mein Interesse für die Taxonomie der Pflanzenwelt neu entdeckt, und so bin ich fast täglich in eurem alten *Orto Botanico* an der *Via Lincoln*. Wie ist dieser Garten mit seinen Gewächshäusern und dem neoklassischen Gymnasium Dufournys doch von den Schichtungen des Kalsa-Viertels auf der anderen Straßenseite verschieden! – Und bildet mit ihm doch eine Landschaft, deren Zeichen es aus der Bewegung heraus zu lesen gilt, als seien sie ein Text. Gerne erinnere ich mich an unsere gemeinsamen Gänge durch den Park, bei denen wir uns in der Zeit und in unseren Blicken verloren. Die Gespräche, die zwischen uns anfangs so lebhaft waren, sind schnell einer selbstverständlichen Ruhe gewichen. Ja, wir können gemeinsam schweigen. Ich sitze an dem kleinen Wasserbecken, das du kennst; an einem Platz, der mir in so kurzer Zeit vertraut geworden ist. Hier vergegenwärtige ich mir die Stationen im Lauf der letzten Monate meines Lebens:

Berlin, schon bald nachdem G. gestorben war. Weiter nach Marseille – ich war wohl auf dem *trajectoire* unseres Lebens unterwegs. Baudelaires *Le voyage* habe ich in dieser Zeit mit Gewinn gelesen – es verweist noch immer auf die moderne *conditio humana*. Auch wenn uns die Emphase dieser Verse fremd geworden ist. Die wahren Reisenden, heißt es dort, seien diejenigen, die »fortgehn um des Fortgehns willen«, es seien jene, »deren Wünsche den Gebilden der Wolken gleichen« und die von »gewaltigen, wechselnden und unbekannten Lüsten« träumen.[101]

Die letzten Weihnachtstage hatte ich bei den Eltern in Deutschland verbracht. Im neuen Jahr ging es weiter nach Amsterdam und Antwerpen. Es war die erste Reise, die nicht zu Freunden führte. Es zog mich in fremde Städte, denen ich auf mich selbst zurückgeworfen begegnen wollte. Mein Leben war nun solitärer und ich ortloser als jemals zuvor. Dieses Gefühl hielt auch in Berlin an, in der Stadt, in der ich mich am ehesten zuhause glaubte. Selbst in der alten, scheinbar seit Jahren vertrauten Wohnung musste ich mich neu einrichten. Nichts gab es in ihr, an das ich mich hätte heften können. Auch das Viertel, das du nun entdecken wirst, hat sich in den letzten Jahren nicht weniger verändert als ich mich selbst. Nach La Nallière, an den Ort des mit G. geteilten Lebens, führten meine Wege immer wieder zurück. Doch meist nur für kurze Zeit. Ich wollte Abstand gewinnen.

Im Oktober war ich schließlich nach Palermo aufgebrochen, um das Fest der Toten in deiner Begleitung zu feiern. Zuvor hatte ich in Frankreich das Grab mit einem mediterranen Steingarten geschmückt. Eine Chrysantheme, wie der christliche Brauch es will, wollte ich nun nicht hinzufügen. Auf einer runden Betonplatte sind Sukkulenten in spärliche, zu einem flachen Hügel angehäufte Erde gepflanzt: Aeonium und Echeverien, Aloe und Sempervivum. Um nur diese zu nennen. Manche der Pflanzen hatten wir auf unseren Reisen und an den Stationen unseres Lebens gesammelt: in den Calanques von Marseille ebenso wie in Berlins Botanischem Garten, an den Vulkanhängen des Stromboli oder in den Ruinen von Karthago. Auch hier in Palermo sind sie mir wiederbegegnet an den Felsen der Küste, in den Spalten der Gehsteige und in den Mauerwerken der Stadt.

Ein Gedicht hat mich all die Zeit über in besonderer Weise begleitet: *Allegria di naufragi*. Geschrieben hat es Giuseppe Ungaretti, dessen Werk ich in der Übertragung durch Ingeborg Bachmann entdeckte. Du erinnerst dich an unser Gespräch über seine Lyrik? Wenn er als Künstler »irgendeinen Fortschritt« gemacht habe, so notierte Ungaretti gelegentlich, »so möchte er, daß dies nichts anderes bedeute, als daß er auch einige Vollkommenheit als Mensch erreicht« habe.[102] Der Dichter sei »zum Mann gereift inmitten von außerordentlichen Ereignissen, denen er nie ferngestanden« habe.[103] Zum Mann, oder zum Menschen. – Eine Frage der Übertragung: *Vita d'un uomo*.[104] Mit diesen Worten hatte Ungaretti 1942 die Gesamtausgabe seiner Lyrik überschrieben, in der er an nicht weniger als am »Maß eines Menschen« gearbeitet habe. Dichtung ist in diesem Gedicht, das ich mir wieder und wieder aufsagte, um wieder und wieder über die Stimmung zu grübeln, die es aufruft, intim in ein Leben verstrickt. Und ein Leben, sein Leben, ist gänzlich in diese aufgelöst. Was wir hier beobachten, ist die Auflösung des europäischen Humanismus und der Versuch, trotz des Scheiterns der Bemühung darum, das Selbstbild des Menschen in Idealen zu begründen, die Frage nach dem Menschlichen zu stellen.

Ungaretti, schreibt Bachmann 1961 im Nachwort der von ihr besorgten Ausgabe, sei ein Dichter der »letzten europäischen Moderne«.[105] In Italien würden ihm für einen deutschen Leser ungewohnte Paten gegeben: Leopardi und Petrarca. Weshalb diese beiden, die wir – anders als Ungaretti – doch kaum als unsere Zeitgenossen wahrnehmen? Sie hätten, wie ihr später Nachfahre, »das erste Erzittern über all das, was sie erfuhren und was ihnen widerfuhr«,[106] in die Sprache gebracht. Wie sie, so sei auch Ungaretti in der Konfession in seinem Element. Doch begnügt er sich keineswegs mit privaten Bekenntnissen. Im Gegenteil. Dem Dichter sind seine Verse »formale Qualen«, da er von der Form stets erwarte, dass »sie den Veränderungen seines Sinns, seines Gemüts« entspräche.[107] Diese Anstrengung führe jedoch keineswegs zu einer hermetischen Dichtung, die dem Leser rätselhaft verschlossen bliebe. Aus ihr entspränge vielmehr eine *voce vivente*, die *lebendige Stimme*, die Ungarettis Lyrik und sein Wissen um den Menschen charakterisiere.[108] In ihr wird eine einzelne Stimme zum Klingen gebracht. Diese ist jedoch durch »ein aktives geschichtliches Gefühl«[109] hindurchgegangen und bringt im Blick auf das Besondere stets ein Allgemeines zum Ausdruck. Ist in diesen Versen nicht alles gesagt, was noch gesagt werden kann?

Allegria di naufragi

E subito riprende
Il viaggio
come
dopo il naufragio
un superstite
lupo di mare

Freude der Schiffbrüche

Und plötzlich nimmst du
die Fahrt wieder auf
wie
nach dem Schiffbruch
ein überlebender
Seebär

                    Versa il 14 febbraio 1917[110]

Der Schiffbruch, aus dem heraus ein hier unvermittelt angesprochener Mensch wieder aufbricht, seine Fahrt fortsetzt, ist nichts anderes als die Katastrophengeschichte der Moderne im 20. Jahrhundert. Sie ist ebenso verhalten angespielt, wie eine in ihr unwiederbringlich verlorene hohe Idee des Menschen: durch eine Ort- und Zeitangabe – Versa, 14. Februar 1917 –, die auf die Schlachtfelder des Ersten Weltkriegs und zugleich auf den Autor verweist. Nimmt dieser sich hier nicht selbst in den Blick, ist das *du* nicht eines der Selbstansprache, nicht nur des Autors, sondern auch des Lesers, der sich von ihm zugleich adressiert wähnen mag? Die Erfahrung des Krieges, so bemerkte Ungaretti, sei für ihn ein »mystisches Erkennen der Realität«[111] gewesen. Zugleich ist sie der Ausgangspunkt seiner Suche nach einer neuen Sprache, die dieser gerecht werden könnte, nachdem mit dem Menschenbild gerade auch das überlieferte Repertoire der Dichtung zerbrochen war. Das lyrische Ich dieser Verse, das ein in der Erfahrung der Katastrophe und in der Gefahr auf sich zurückgeworfener Mensch zu sein scheint, erweist sich als ein komplexes und fundamental kommunikatives Gefüge. Als Subjekt der Geschichte, die hier gleichsam in ihrer kleinsten Form aufgerufen wird, setzt es die Reise fort, nimmt nach einer

Phase der Stagnation wieder Fahrt auf: plötzlich. Diesem Aufbruch liegt eine Entscheidung zugrunde, und sie wird, als Ausdrucks des Wissens, dem Tod entronnen zu sein, einem Bild und einer ironischen Leichtigkeit verbunden. Jede Heroik, jedes Pathos ist diesem Menschen fern. Und auch jede Heldengeschichte. Wie groß ist nicht der Abstand zu dem Reisenden Baudelaires. Hier begegnen wir einem Menschen, der sich, indem er durch eine Metapher beschrieben wird, selbst in den Blick nimmt und über sein Handeln räsoniert: als ein überlebender Seebär. Wie wird diese Handlung – die in der Binnenwelt des Gedichts zunächst die des Schreibens und des Lesens ist – charakterisiert? Welche Tönung hat diese Fahrt? Einer in der Zurückhaltung extrem präsenten, ungeheuerlichen Gewalterfahrung des Krieges antwortet Ungaretti in diesen Versen mit konzentriertester Verhaltenheit und einer Knappheit der sprachlichen Mittel, die durch die Spannung zur enigmatischen Metapher des Titels nur noch verstärkt wird. Er setzt auf eine radikale Subjektivierung, in der ein gesellschaftliches Gewaltphänomen wie der Krieg im Persönlichen ausgesprochen wird: nicht in Trauer oder Verzweiflung, nicht in Melancholie oder Lethargie, sondern in einer *allegria*, die nicht nur diesem Gedicht, sondern der 1919 erschienen Sammlung insgesamt den Titel gibt. Ingeborg Bachmann schenkt diesem Gemütszustand – zu Recht – ihre besondere Aufmerksamkeit, wenn sie fragt: Doch worauf deutet das Wort, das wie viele andere so schwer in die deutsche Sprache transportiert werden kann? Trifft Freude, was mit ihm gemeint ist, ein Lebensgefühl, das den Deutschen keine Wirklichkeit ist?[112] Bachmann unterstreicht nicht, dass die deutsche Sprache differenziert und reich an Worten ist, um menschliche Emotionen zu fassen. Noch im Schatten des Genozids und unter dem Druck der Nachkriegsgesellschaft schreibend, hebt sie vielmehr darauf ab, dass den Deutschen fremd sei, was Ungaretti zu einem Schlüsselbegriff seiner poetischen Anthropologie wählt: *allegria* –

»Hätten wir auch ein entsprechendes Wort, so fehlte uns doch – allegria. Das ist: Heiterkeit, Munterkeit, Freude ... Eine Tempobezeichnung steckt auch darin; an das allegro in der Musik dürfen wir denken. Allegria gibt es bei Mozart, überhaupt manchmal in der Musik, aber sonst wohl kaum, weder in den Menschen noch unter Menschen. Es ist ein Fremdwort für uns und wird nie für eine Wirklichkeit stehen.«[113]

Doch anders als Bachmann in der Beschreibung eines Wortfelds nahelegt, ist diese Heiterkeit bei Ungaretti immer eine gebrochene. Sie ist eine *allegria* der Schiffbrüche und des nicht mehr zu erreichenden Ideals. Ist diese Munterkeit nicht gerade der Katastrophen erwachsen, in der eine Welt zugrunde ging – die österreichische Monarchie? Und bleibt die Freude nicht intim der Gewalt verbunden, die in einem Krieg aufbricht, aus dem heraus Ungaretti sich zu Wort meldet? Mit einer spezifischen Verdichtung der Existenz ist die tiefe Leichtigkeit der *allegria* ein Gewinn, der aus der Erfahrung der Gewalt des machtvollen Lebens und aus der Begegnung mit dem Tod gezogen werden kann.

Bei Ungaretti, bemerkt Bachmann, sei »das Wort in seiner ganzen lichten Bedeutungsfülle eingesetzt. Darum wurde es mit dem für uns erfüllteren Wort ›Freude‹ übersetzt. Freude mit einem hellen Ton gedacht. Freude, die man in die Luft werfen kann und die einen gehen macht, leben macht – ein Geschenk von niemand.«[114]

Allegria – hier ist sie nicht weniger als eine Lebenskraft vor abgründiger Szenerie. Als eine lichte Stimmung mag sie mir nicht mehr erscheinen. Und Bachmanns Pessimismus, sie müsse den Deutschen für immer fremd sein, will ich nicht teilen. Auch wenn ich es bisweilen befürchte. Scheint mir das, was hier auf den Begriff gebracht wird, im sozialen Habitus, der zwischen Hamburg, Berlin und München zu beobachten ist, doch nur schwach ausgebildet. Wenn überhaupt. Unserer Geschichte entkommen wir nicht. Ist die *Allegria di naufragi*, dieses Augenzwinkern eines Menschen, der sich im Moment existentieller Gewalterfahrung als lebendig in den Blick nimmt, nicht die zugehörige Seite eines tragischen Weltverhältnisses und Widerspruchs zum überspannten Ernst der Existenzphilosophie? Sie ist die Schwester der Tragödie des Menschen – seiner Sterblichkeit. Und so, an einen unwiderruflichen Verlust gebunden, das Basisgefühl einer Ästhetik des Abschieds.

Abbracci, Tom

Postscriptum: Mein Brief ist mir unter der Hand zur Explikation eines Gedichts geraten, der Impuls, dir zu schreiben, geriet zum Anlass, über ein Wort tiefer nachzudenken, das eine Erfahrung fasst, die wir geteilt haben. Was ich suchte, als ich vor einigen Wochen zum ersten Mal nach Palermo aufbrach, kann ich nicht sagen. Was ich fand? Zugehörigkeit. Und ja, vielleicht auch dies: eine in sich gebrochene *allegria*. Du bringst mich, selbst als Abwesender, zum Lachen, und ich führe das Leben mit einer gewissen Leichtigkeit. Auch wenn uns beiden, Matteo, sein Gewicht nicht fremd ist.

Nachweise

1 Vgl. Emmanuel Levinas: *Humanismus des anderen Menschen,* aus dem Französischen übertragen und mit einer Einleitung versehen von Ludwig Wenzler, Hamburg: Meiner 1989.
2 Platon: Gastmahl. Neu übersetzt und erläutert von Otto Apelt, in: ders., *Sämtliche Dialoge,* hg. von Otto Apelt, Bd. 3, Hamburg: Meiner 1988, V. 201d–212c.
3 Raphael: *Et dans 150 ans live vu par Audiard,* https://www.youtube.com/watch?v=cznGdP8vG2A, aufgerufen am 20.06.2016.
4 Giuseppe Ungaretti: Eterno – Ewig, in: ders.: *Gedichte. Italienisch und deutsch,* Übertragung und Nachwort von Ingeborg Bachmann, Frankfurt am Main: Suhrkamp 1961, S. 8–9.
5 Giuseppe Tomasi di Lampedusa: *Der Gattopardo. Roman,* übersetzt aus dem Italienischen von Giò Waeckerlin Induni, München: Piper 2004.
6 Vgl. Roland Barthes: *Über mich selbst,* aus dem Französischen übertragen von Jürgen Hoch, Berlin: Matthes & Seitz 2010, S. 74.
7 Ebd., S. 73.
8 Ebd., S. 74–75.
9 Ebd., S. 73.
10 Ebd., S. 76.
11 Ebd.
12 Ebd.
13 Giuseppe Ungaretti: Finale – Finale, in: ders., *Gedichte,* S. 148–149.
14 Giuseppe Ungaretti: Mattina – Morgen, in: ders.: *Gedichte,* S. 6–7.
15 Giuseppe Ungaretti: Finale – Finale, in: ders., *Gedichte,* S. 148–149.
16 Johann Wolfgang Goethe: West-östlicher Divan, in: *Goethes Werke. Hamburger Ausgabe in 14 Bänden,* hg. von Erich Trunz, Bd. 2: *Gedichte und Epen,* textkritisch durchgesehen und kommentiert von Erich Trunz. Vollständige Neubearbeitung, 17. Auflage, München: Beck 2005, S. 121–126, hier S. 8–9.
17 Ernst Cassirer: Philosophie der symbolischen Formen. Dritter Teil: Phänomenologie der Erkenntnis. Text und Anmerkungen bearbeitet von Julia Clemens, in: ders.: *Gesammelte Werke,* Hamburger Ausgabe, hg. von Birgit Recki, Bd. 13, Hamburg: Meiner 2002, S. 231.
18 Ebd.
19 Maurice Blanchot: Der Blick des Orpheus, in: ders.: *Der literarische Raum,* aus dem Französischen übertragen von Marco Gutjahr und Jonas Hock, Zürich: Diaphanes 2012, S. 177–183, hier S. 177.

20 Giuseppe Ungaretti: Il porto sepolto – Der begrabene Hafen, in: ders.: *Gedichte*, S. 24–25.
21 Giuseppe Ungaretti: Casa mia – Mein Haus, in: ders.: *Die Heiterkeit – L'Allegria. Gedichte 1914–1919. Italienisch – Deutsch*, übertragen von Hanno Helbling, München: Hanser 1990, S. 22–23.
22 Charles Baudelaire: Der Maler des modernen Lebens, in: ders.: *Sämtliche Werke, Briefe*, Bd. 5: *Aufsätze zur Literatur und Kunst: 1857–1860*, hg. von Friedhelm Kemp, München: Hanser 1989, S. 213–258, hier S. 226. Im Original: »La modernité, c'est le transitoire, le fugitif, le contingent, la moitié de l'art, dont l'autre moitié est l'éternel et l'immuable. […] Cet élément transitoire, fugitif, dont les métamorphoses sont si fréquentes, vous n'avez pas le droit de le mépriser ou de vous en passer. En le supprimant, vous tombez forcément dans le vide d'une beauté abstraite et indéfinissable, comme celle de l'unique femme avant le premier péché.« Charles Baudelaire: Le Peintre de la vie moderne, in: ders., *Œuvres complètes*, Bd. 2, hg. von Claude Pichois, Paris: Gallimard 1976, S. 683–724, hier S. 695.
23 Ebd., S. 227. Im Original: »La corrélation perpétuelle de ce qu'on appelle *l'âme* avec ce qu'on appelle *le corps* explique très bien comment tout ce qui est matériel ou effluve du spirituel représente et représentera toujours le spirituel d'où il dérive.« In: Baudelaire, Le Peintre de la vie moderne, S. 696.
24 Charles Baudelaire: Der Traum eines Neugierigen, in: ders., *Sämtliche Werke*, Bd. 3, S. 329. Im Original: »J'étais mort sans surprise, et la terrible aurore / M'enveloppait. – Eh quoi ! N'est-ce donc que cela ? / La toile était levée et j'attendais encore.« Vgl. Charles Baudelaire: Le rêve d'un curieux, in: ders.: *Œuvres complètes*, Bd. 1, hg. von Claude Pichois, Paris: Gallimard 1975, S. 129.
25 Baudelaire: La mort des pauvres, in: ebd., S. 126–127.
26 Baudelaire: Tod der Armen, in: ders.: *Sämtliche Werke*, Bd. 3, S. 323–325.
27 Leonard Cohen: *Halleluja*, https://www.youtube.com/watch?v=vHI9BTpGkp8, aufgerufen am 20.06.2016.
28 Georges Bataille: Die Welt, in der wir sterben, aus dem Französischen übertragen von Monika Buchgeister, in: ders.: *Henker und Opfer*, mit einem Vorwort von André Masson, Berlin: Matthes & Seitz 2008, S. 25–42.
29 Vgl. ebd., insbes. S. 25.
30 Dante Alighieri: *Das neue Leben – Vita nuova*, aus dem Italienischen übertragen von Hannelise Hinderberger, Zürich: Manesse 1987, S. 68–69.
31 Rainer Maria Rilke: Die Sonette an Orpheus, in: ders.: *Sämtliche Werke*, hg. vom Rilke-Archiv in Verbindung mit Ruth Sieber-Rilke, besorgt durch

Ernst Zinn, Bd. 1: *Gedichte. Erster Teil*, Frankfurt am Main: Insel 1987, S. 727–773, hier S. 733–734.

32 Ebd., S. 734.
33 Ebd., S. 733.
34 Ich beziehe mich hier auf ein in der Tradition des lucianischen Todesgesprächs stehenden Text Eugen Gottlob Winklers, der dieses Motiv in seinem philosophischen Gespräch »Die Erkundung der Linie« diskutiert. Vgl. Eugen Gottlob Winkler: Die Erkundung der Linie, in: ders., *Die Erkundung der Linie: Erzählung, Aufsatz, Gedicht*, hg. und mit einem Essay von Durs Grünbein, Leipzig: Reclam 1993, S. 55–88.
35 Lucius Annaeus Seneca: *Philosophische Schriften*, Bd. 2: *Dialoge. Der Dialoge zweiter Teil. Buch VII-XII*. Übersetzt, mit Einleitung und Anmerkungen versehen von Otto Apelt, Hamburg: Meiner 1993, S. 111–149.
36 Ebd., S. 145.
37 Ebd.
38 Ebd., S. 147.
39 Ebd.
40 Ebd., S. 125.
41 Ebd., S. 115.
42 Ebd., S. 141.
43 Eugen Gottlob Winkler: Der späte Hölderlin, in: ders.: *Die Erkundung der Linie*, S. 121–146, hier S. 133.
44 Ebd.
45 Ebd., S. 134.
46 Ebd., S. 141.
47 Friedrich Hölderlin: Der Adler, in: ders.: *Sämtliche Werke, Briefe und Dokumente in zeitlicher Folge,* hg. von D. E. Sattler, Bremer Ausgabe, Bd. 10: *1802–1804,* München: Luchterhand 2004, S. 54.
48 Winkler, Der späte Hölderlin, S. 145.
49 Ebd., S. 135.
50 Ebd., S. 136.
51 Ebd., S. 139.
52 Ebd.
53 Eugen Gottlob Winkler: Gedenken an Trinakria, in: ders., *Die Erkundung der Linie*, S. 89–108, hier S. 103.
54 Ebd., S. 104.
55 Winkler, Der späte Hölderlin, S. 136–137.
56 Friedrich Hölderlin: Der Mensch. Wenn es aus sich lebt …, in: ders.: *Sämtliche Werke, Briefe und Dokumente in zeitlicher Folge*, hg. von D. E.

Sattler, Bremer Ausgabe, Bd. 12: *1806–1843*, München: Luchterhand 2004, S. 216.

57 Fritz Saxl: A Spiritual Encyclopedia of the later Middle Ages, in: *Journal of the Warburg and Courtauld Institutes*, Vol. V, 1942, S. 82–134, vgl. hier S. 98.
58 Vgl. ebd., S. 82.
59 Vgl. ebd., S. 98.
60 Ebd., S. 121–122, Übersetzung F.H.
61 Vgl. ebd., S. 86.
62 Vgl. ebd., S. 94–95.
63 Vgl. ebd., S. 123.
64 Vgl. ebd., S. 97.
65 Vgl. ebd., S. 96–97.
66 Vgl. ebd., S. 125–126.
67 Ebd., S. 95–96, Übersetzung F.H.
68 Vgl. ebd., S. 122.
69 Vgl. ebd., S. 112.
70 http://www.zeit.de/news/2015-06-25/italien-buergermeister-von-palermo-spricht-von-voelkermord-in-mittelmeer-25150618, aufgerufen am 20.06.2016.
71 Baudelaire: Le voyage, in: ders.: Œuvres complètes, Bd. 1, S. 134.
72 Charles Baudelaire: Die Reise, in: ders.: *Sämtliche Werke, Briefe,* Bd. 3: *Les fleurs du mal – Die Blumen des Bösen*, hg. von Friedhelm Kemp, München: Heimeran 1975, S. 329–339, hier S. 339.
73 Baudelaire: Le voyage, S. 129.
74 Vgl. Baudelaire: Die Reise, S. 329–331.
75 Baudelaire: Le voyage, S. 131. Dt. Übersetzung: Baudelaire: Die Reise, S. 333.
76 Baudelaire: Le voyage, S. 131. Dt. Übersetzung: Baudelaire: Die Reise, S. 333.
77 Baudelaire: Le voyage, S. 132. Dt. Übersetzung: Baudelaire: Die Reise, S. 335.
78 Baudelaire: Le voyage, S. 133. Dt. Übersetzung: Baudelaire: Die Reise, S. 337.
79 Baudelaire: Le voyage, S. 129. Dt. Übersetzung: Baudelaire: Die Reise, S. 329.
80 Bertolt Brecht: Die Liebenden, in: ders.: *Werke. Große kommentierte Berliner und Frankfurter Ausgabe*, Bd. 14, hg. von Werner Hecht, Jan Knopf, Werner Mittenzwei, Klaus-Detlef Müller, Berlin und Weimar: Aufbau-Verlag, Frankfurt am Main: Suhrkamp 1988–2000, S. 16.
81 Barthes: *Über mich selbst*, S. 45.
82 Maurice Blanchot: Der mögliche Tod, in: ders.: *Der literarische Raum*, S. 85–107, hier S. 95.
83 Ebd.
84 Ebd.

85 Bataille: Die Welt, in der wir sterben, S. 25.
86 Ebd., S. 26.
87 Ebd., S. 27.
88 Ebd., S. 28.
89 Vgl. ebd., S. 25.
90 Ebd., S. 27.
91 Vgl. ebd.
92 Ebd., S. 29–30.
93 Ebd., S. 35.
94 Ebd., S. 36.
95 Ebd., S. 42.
96 Ebd., S. 40.
97 Ebd., S. 29.
98 Ebd., S. 41.
99 Ebd., S. 42.
100 Ebd.
101 Baudelaire: Le voyage, S. 129. Deutsche Übersetzung: Baudelaire: Die Reise, S. 329.
102 So Giuseppe Ungaretti im Vorwort zu »L'Allegria«. Zitiert nach Ingeborg Bachmann: Nachwort zu: Ungaretti: *Gedichte*, S. 151–157, hier S. 153–154.
103 Ebd., S. 154.
104 Ich folge hier Hanno Helbling: Nachwort zu: Ungaretti: *Die Heiterkeit*, S. 81–88.
105 Bachmann: Nachwort, S. 156.
106 Ebd., S. 157.
107 Ebd., S. 153.
108 Ebd., S. 156.
109 Ebd., S. 154.
110 Giuseppe Ungaretti: Allegria di naufragi – Freude der Schiffbrüche, in: ders.: *Gedichte*, S. 66–67.
111 Zit. nach Helbling, Nachwort, S. 182
112 Bachmann, Nachwort, S. 154.
113 Ebd.
114 Ebd., S. 154–155.

Dank

Die Arbeit an dieser Ästhetik des Abschieds wurde von zahlreichen Gesprächen begleitet. Ohne den intensiven Austausch mit Giovanni Fasola, Jan Friedrich, Werner Gasser, Gunter Gebauer, Mike Kortsch, Mara Kurotschka, Gundel und Gert Mattenklott (†), Markus Messling und Ulrich Möhler wäre das vorliegende Buch ein anderes geworden.

Mit ihnen danke ich Elisabeth und Franz Hofmann für ihre herzliche Aufmerksamkeit und die stets taktvolle Begleitung meiner Wege. Dankbar bin ich auch Danielle Bretin und Bernard Viandier, denen ich mich in einer familiären Freundschaft verbunden fühle.

Ein Dank geht an Gabriele Brandstetter, die dem Unvorhergesehen mit Offenheit begegnete, an Ottmar Ette, dessen Denken mich in meiner Arbeit bestärkte, und an Arnulf Conradi, der zur rechten Zeit mit einer Ermutigung zur Stelle war.

Wolfram Burckhardt hat mit seiner Begeisterung für schöne Bücher die Gestaltung dieses Bandes ermöglicht – hierfür habe ich ihm ebenso zu danken wie Claudia Oestmann für die gute Zusammenarbeit mit dem Kadmos Verlag.

Diese Publikation entstand
mit freundlicher Unterstützung des Centre Marc Bloch

Bibliografische Information der Deutschen Nationalbibliothek

Die Deutsche Bibliothek verzeichnet diese Publikation in der
Deutschen Nationalbibliographie; detaillierte bibliographische
Daten sind im Internet unter http://dnb.ddb.de abrufbar

Das Werk einschließlich aller seiner Teile ist urheberrechtlich geschützt. Jede
Verwertung ist ohne Zustimmung des Verlages unzulässig. Das gilt insbesondere
für Vervielfältigungen, Übersetzungen, Mikroverfilmungen und die Einspeicherung
und Verarbeitung in elektronischen Systemen.
©2017 Kulturverlag Kadmos Berlin. Wolfram Burckhardt
Alle Rechte vorbehalten
Internet: www.kulturverlag-kadmos.de
Umschlagentwurf, Gestaltung und Satz: kaleidogramm, Berlin
Druck: Finidr
Printed in EU
ISBN 978-3-86599-295-6